張大春作品集 ①

春燈公子

張大春・著

目次

序	春燈宴		5
壹	方觀承	——儒行品	29
貳	達六合	——藝能品	41
參	朱祖謀	——機慎品	63
肆	李純彪	——洞見品	71
伍	黃八子	——俠智品	81
陸	雙刀張	——巧慧品	87
柒	張天寶	——運會品	99
捌	史茗楣	——奇報品	107
玖	荊道士	——憨福品	113
拾	韓鐵棍	——勇力品	123
拾壹	靴子李	——義盜品	129
拾貳	范明儒	——練達品	137
拾參	金巧僧	——聰明品	143
拾肆	九麻子	——詭飾品	151
拾伍	插天飛	——狡詐品	169
拾陸	潘鼓皮	——薄倖品	183
拾柒	獅子頭	——褊急品	191
拾捌	菖蒲花	——頑懦品	201
拾玖	李仲梓	——貪癡品	213
	春燈宴罷		221

春燈宴

　　春燈公子大宴江湖人物是一年一度的盛事，此會行之有年，幾與尋常歲時典祀無二。雖然說是例行，然而本年與會的是些甚麼樣的人物？又在甚麼地方舉行，行前一向是不傳之秘。直到應邀之人依柬赴約，到了地頭兒，自有知客人前來迎迓，待得與眾賓客相見，才知究竟。

　　這個一年一度的飯局，總在歲暮年初之間，應邀者感於春燈公子盛情，往往排除萬難，千里間關，無論跋涉如何辛苦，總期能與當世之豪傑人物一晤，把酒相談是幸。據說首會之地是在會稽鏡湖之東，地名東關，簡直是海內第一水榭，古稱天花寺的所在。相傳呂文靖嘗題詩於寺，云：

賀家湖上天花寺／一一軒窗向水開／不用閉門防俗客／等閒能有幾人來。

　　到南宋年間，天花寺仍然完好如初，陸務觀也有〈東關二首〉，云：

天華寺西艇子橫／白蘋風細浪紋平／移家祇欲東關住／夜夜湖中看月生。

煙水蒼茫西復東／扁舟又繫柳陰中／三更酒醒殘燈在／臥聽瀟瀟雨打篷。

　　不過，到了放翁作詩那時，天花寺三面皆是民間廬舍，前臨一支港，景觀大異於前。有人說是寺本在湖中，後遷徙於草市通衢之上云云。春去秋來，星移物換，到了春燈公子首會天下英雄的那一年，去放翁作詩之歲，又不免過了數百載，天花寺居然又給修葺完好，依樣軒窗向水，綽影浮光，端的是一座莊嚴、清靜又雅潔的蘭若，誰也說不上來算不算是恢復

了呂文靖題詩之時的舊觀，可誰都說相去非唯不遠，而輝煌璧麗，怕不猶有過之？當年此會盛況非凡，時時有人說起，總道輾轉識得與會者某某，又聞聽人說起某人自陳與會之事如何；總而言之，街談巷議，蜚短流長，一直不曾斷絕。

這春燈公子究竟是個怎樣出身？甚麼家世？籍隸何處？資歷如何？有些甚麼事功著述？彷彿誰也說不清楚。有說他是王公貴胄之後的，有說他是達官顯宦之子的，有說他祖上有范蠡、鄧通之流的人物，家道殷實，卻一向禁絕子孫涉足於名利之場，是以積數十代之財貨，富可敵國，卻鮮有忌之、害之甚或知之者。由於大會江湖豪傑之事甚秘，外人往往無從得窺情實，祇能任人謠傳訛說，也就沒有誰能考辨精詳，加之以聚會之地忽南忽北、祖東祖西，令人難以捉摸，一旦宴罷，人去樓空，原先的繁花盛景、燈火樓台，居然在轉瞬之間就空曠蕭索起來。讓參與過盛會的人物追述回憶，亦皆惘然，故而連春燈公子的祖居家宅究竟何在，都是個謎了。

天花寺一會之後，春燈公子暴得大名，人人爭相問訊：此君如何能將這麼些了不得的大人物相邀共至、齊聚一堂？給問到的與會之人不覺茫然，竊喜一念：原來我也算是個了不得的大人物了？大人物不常見，幾年例會下來，反而形成了另一個局面；自凡是有頭有臉的江湖大萬，不論是管領著一幫一派、或者傳承著某家某學，甚或精通一藝而能聞達於百里之境者，乃至偶發一事而能知名於三山五城之外者，多有到處探聽春燈公子行蹤的。打從年頭直到年尾，總有這麼樣的話語在口耳之間飄盪盤桓：「可知今年『春燈宴』邀了些甚麼人哪？」

「春燈宴」成了個現成的名目，這應該是天花寺之會後五、六年間的事。雖說春燈公子本人從來沒用過這個名目招徠賓客，可它畢竟是喊響了。傳聞之中，「春燈宴」上還有相當動人的花樣兒。

風聞打從「春燈宴」初開之歲，就沿襲了成例，每會當天自辰時起迎賓，無何道遠路近，客人們總在前一日都齊聚於館舍了。相識不識一照上面，對於彼此皆為春燈公子座上之客的身份都已經了然於胸，自然相互禮

遇，一團和氣。即使偶有些人物，曾經鬧過大小尷尬，一旦在這場合上相見，也往往收拾起意氣，待宴罷之後，相揖別過，有甚麼過節，也祇能等後會之時再算了。正因如此，有許多江湖上礙於情面，不好相商的人物，往往還巴望著能在「春燈宴」上不期而遇，以便排難解紛。可這還不能算是人人期盼於「春燈會」上的花樣兒。真正的花樣兒，叫「立題品」。

總在開宴當日申牌時分，春燈公子的一十六童男女侍從就會引出這麼一個人物，此人或老或少，或男或女，年年不同。一亮相，不必多言，眾人自然都明白了：這位一定就是今年「立題品」的說話人。這位說話人究竟有些甚麼能為？是怎麼從眾賓客之中揀選出來的？其事甚秘，近二十年來，謠諑紛紜，沒有能說準的。然而無論如何，應邀與會之人都不免發些想頭：說不得今年到會之日，給那一十六位童男同女給請上台去「立題品」的就是我呢。是以人人來到「春燈宴」之前，總不免琢磨著要說一個足以令人咋舌稱奇的故事。於是，但見蟻蹱蠅聚之人莫不晃腦搖頭，挺腰踮腳，滿心巴望著有那童男女來請移駕登台——自然，失望的多。

「立題品」之所以成了江湖中人參與「春燈會」的一個想頭，自然是有緣故的；但凡是登台說出一則首尾俱全的故事來的，春燈公子登時濡墨揮毫，或吟以詩、或填以詞，為這故事所述的人物下一個題品，書成一卷，發付裱褙匠人收了，究竟裝裱之後如何庋藏？如何展示？也無人詳其下落。倒是有那麼一闋詞，因為江左裱聖左彥奎不慎丟失，原件輾轉淪落，居然在數十年之後給誤植進茗畹堂重刻的《納蘭（容若）詞》詞集之中，亦殊可怪——這是岔話，就不多說了。

回頭說待春燈公子將詩、詞題品一揮而就，當下就給這說話人也奉上赤金萬兩，號曰「喉潤」。潤喉之資，竟過於中人之家一生一世的開銷，手筆之大，教人最是嘖嘖稱奇。奉上銀票之際，往往就是每年「春燈宴」熱鬧到極點的一刻。

春燈公子最早流傳於世的詩詞，就是這二十則題品。此乃斯人斯文首度問世，謹先臚列其一至十九品於後：

方觀承——

儒行品；七古一首：

代有文豪忽一發　　　　一飲三吟羞夢囈

偏如野草爭奇突　　　　百年九死悔儒餐

鋪張咫尺掬清英　　　　狼毫颯颯攀銀壁

肯向風塵申討伐　　　　龍墨殷殷伏玉盤

吾輩非今兼妒古　　　　再約明朝看筆跡

疑他李杜笑屈父　　　　猶知波磔愧蹣跚

驚聞舉世不觀書　　　　悄賦留仙曲

卻對燈灰吹寂苦　　　　忍聽錄鬼簿

寧不知樽前幾度竟成懂　　臨老見真章

且樂鯨吸化羽翰　　　　平生欣然託。

達六合──
藝能品；瀟湘夜雨一闋：

醉捲洋流

怒酣雲氣

暑天一夜清颸。

挾山排闥送淋漓。

敲瓦疾

飄零劍影

翻帖亂

寥落蛇碑。

凝神處

揮馳不礙

遍掃新詞。

墨無濃淡

妝非深淺

耐得經時。

倩狂風稍息

留月斜窺。

才一瞬

驚波破紙

儘幾筆

卓礫凝思。

誇神武

何須電母

毫末到高枝。

春燈宴

朱祖謀──

機慎品；滿庭芳一闋：

漸入春山　　　　　寧知遊興老

泥塗花信　　　　　三分宿醉

蝶去朝夢留遲。　　一片歸思。

夜涼蒸透　　　　　想獨雕殘句

雲在最高枝。　　　閒賦新題。

何若揚州蘇軾　　　古道西風瘦馬

憔悴裡、偷鑄新詞。　也不過、些許情癡。

吟哦處　　　　　　爭如我

青衫竹杖　　　　　閉門讀史

冷落到天涯。　　　開口變傳奇。

李純颰——

洞見品；水龍吟一闋：

斜眉笑看英雄　　　　淺嘗蓴羹鱸燴。

十方風雨闌干淚。　　趁烽煙、寄蒼茫意。

危樓慢倚　　　　　　綢繆萬里

紅塵流盼　　　　　　向黃昏處

無情如此。　　　　　目無餘子。

羈旅江湖　　　　　　痛快恩仇

斷魂魏闕　　　　　　沉酣歌舞

暗銷王氣。　　　　　飄搖天際。

想驚弓斷戟　　　　　教漁樵看了

殘山剩水　　　　　　閒言碎語

音書絕、人歸未？　　幾番滋味。

黃八子──
俠智品；鷓鴣天一闋：

擊缺銀壺趁醉驕。

繁華看盡最無聊。

蓬山不應殷勤喚

濁酒還愁寂寞消。

塵劫外

怨歌遙。

客船今夜共聽潮。

殘詩草罷燈焚過

獨送相思上九霄。

雙刀張——
巧慧品，七律一首：

逐客風塵逐客遊

蓬飛到處不堪留

憐螢暑夜曾捐扇

掛劍寒窗慣夢鷗

莫笑癡人書呫呫

寧知野趣鹿呦呦

鄰翁勸進樽中月

仰盡初霜白滿頭。

張天寶——
運會品；沁園春一闋：

帳捲殘風
夢碎珠簾
抖擻暗塵。
漸清明雲月
蒼茫蘆雪
匆匆聚散
往往隨人。
佐讀青燈
臨書白素
一向消磨差似貧。
吹煙看
念山餘斷樹
雨急飄蓴。

紛紜、
國破無痕
更不忍無椎虛刺秦。
算年華辜負
豪情根觸
稍嫌厭氣
未便灰心。
馳騁飛涎
誅伐碩鼠
墨染開池驚蕘民。
吾何憾
幸詩翁解飲
帖字銷魂。

史茗楣——
奇報品；夜半樂一闋：

幾時別過重聚。　　　　離恨久、良宵當然虛度。

稍經點染　　　　　　　欲聽消息

仍似胭脂駐。　　　　　難說氣候

數玉兔盈虧　　　　　　泊時短短長長

喚郎依據。　　　　　　不知朝暮。

淺深怎地　　　　　　　待潮退、闌干拍千處。

殷勤照拂

卻聞幾番憐惜嬌呼　　　豈有他故

失神無語。　　　　　　簞竹吹涼

更哪見、蟾枝滴零雨。　繡衾抱住。

　　　　　　　　　　恨祇恨殘紅唾香褥。

隔簾裡外見識　　　　　也依依、誰教匝月才傾吐。

面撫芳茵　　　　　　　休懊惱、待掃花邊霧。

魂飛煙樹。　　　　　　落英仍濕君歸路。

荊道士──
憨福品；七律二首：

便上秋山伴酒壺　　　　深垂絳帳倖垂名

盤空影細似飄鬚　　　　願效鴻鵠向古行

瀟瀟雨過舒長醉　　　　野筆何須沾聖露

疾疾風來試腐儒　　　　荒墳幸自掩清英

敢向新亭誇志氣　　　　常從典籍知風力

猶哀故國肆狸奴　　　　近事權謀遠庶情

叢林深處誰相喚　　　　搦管稍嫌毫末冷

一酹江關有鷗鶩。　　　誰憐卅載一揮輕。

韓鐵棍——
勇力品；七律一首：

風橫在野蔽天低

力拔殘雲迫日西

忍道相思霜不冷

猶驚作別劍先啼

重逢又近重陽節

爛斧爭如爛醉泥

與爾同懽須趁酒

能催咳唾作征鼙。

靴子李——

義盜品；七律二首：

冷月沉竿雨在簑	英雄惜命遺相知
蠻煙處處壓漁歌	忍看夷門執轡時
灘頭拍急苔痕淺	晉鄙勘符應合節
甕底傾空怨望多	侯嬴計死更離奇
餌誘生涯渾拙計	屠家已慣鉛刀割
魚藏心事付清波	貴冑難酬壯士癡
閒情愛道江湖遠	此詠非關忠與義
十載江湖一劍磨。	古來忠義不全屍。

范明儒——
練達品；七律一首：

霧失羊碑渾歲暮

茶餘猴栗愧生涯

經年乏味療飢字

此夜添香快意詩

一律清吟初賦懶

常懷得意老成癡

聽燃爆竹三千個

但覺聲聲送舊遲。

春燈宴

金巧僧——
聰明品；七律一首：

亂葉息風聲弄鐵

寒棲忍看輅摧花

江湖賞識塵衣客

殿閣笙歌錦笛家

野望京門孤鶩遠

恩遷嶺店夕陽斜

幽居不到人間世

怕聽郵鞭喝樹鴉。

九麻子——

詭飾品；七律二首：

不信甘泉路不平　　　　一石猶應添五斗

積憂立解賴蘇瓊　　　　八仙不必論三停

步兵廚下凝天祿　　　　途窮逕向鄰姬臥

飲馬窟邊臥戍卿　　　　意適常依麴院聽

栗瀑空懸荒徑隱　　　　披髮踞床高阮籍

秫田任熟老淵明　　　　揚禪謝客效劉伶

呼來共席非袁燦　　　　裁詩便作仙泉頌

睏覺春殘一杖橫。　　　顛倒人居太白星。

插天飛──

狡詐品；七律一首：

松風夜引萬刀橫

雨後漸零淬劍聲

有酒頻催詩意老

無絃更覺客心清

吟追律細敲壺缺

歎看煙輕拂月明

莫笑憂懷思伏莽

初涼天氣已涼情。

潘鼓皮——
薄倖品；金縷曲一闋：

哭笑紅塵耳。

縱分離一時來去

天涯長記。

看破深情真偶得

未便花箋密意。

任詞裡充填翻悔。

人比疏花還寂寞

更歸時月落涼如水。

誰領略

生滋味。

芳菲散漫無時已。

奈何聽絲絃錯落

一般彈淚。

難學潘郎消擲果

怎料佳人知己。

獨難捨幾番新醉。

也似愁春非病酒

豈貪歡教說香衾裡。

思念否

常相憶。

獅子頭──

褊急品；七律一首：

染翰輕盈憤世深

神思到紙氣森森

揮毫如將三千士

打鬼能安百萬心

板蕩偏懷孤節久

蜩螗更見異聲沉

愁腸不為新醅醉

獨有騷詩對古吟。

菖蒲花——
頑懦品；青玉案一闋：

尋常寂寞歸南浦。

更幾棹、輕舟渡。

夢得猿啼催客句。

三聲離別

五夜零雨。

魂飛慣到遊山處。

踏盡芳華不知暮。

肯向雲深尋去路。

忽然寒意

悄然私語。

簾外春如許。

春燈宴

李仲梓——

貪癡品；瑞鶴仙一闋：

黯然銷魂矣。　　　　無計。

便萬里飛來　　　　　一天涯遠

共此沈醉。　　　　　趕算程途

蕭蕭在深蕊。　　　　抱衾而已。

肆風流纏祟　　　　　該忘得

又懂何事。　　　　　艱難記。

蜂情蝶意。　　　　　對紅顏趁早

到春霖、絲絲是淚。　遲傷粉褪

潤高枝　　　　　　　畢竟年華容易。

幾點迢遞。　　　　　看詩情老

望斷斜陽蔭裡。　　　口永聲哀

　　　　　　　　　　浮生如水。

　　不知不覺之間，「春燈會」已經二十年了；之前十九春秋，一年一度
一會的十九則題品盡在於是。到了第二十年上，會於福島北灣東郭百級
樓。這一日捱到黃昏，眾賓客正嘈嘈嚷嚷、紛紛紜紜地猜測：今回不知又
輪到甚麼人物、說些甚麼樣兒的故事。忽然，樓外坊巷裡傳來一陣吆喝，
聽聲彷彿是叫賣零食果子的小販──此等人物，自然是不足以言與會的了
──孰料這小販也忒膽大，一聲霹靂也似地叫喚，道：「世上風流都叫他
春燈公子品論遍了，但不知公子自個兒又算得哪一品呢？」

　　眾賓客怕失了禮儀，未便噴聲，不意春燈公子卻聞言大笑，道：「說
話人不是說話人，問得倒是在行。請教樓外這位：十九年來，天下人閒話
天下事，你都聽說過了？」

　　十九年來，天下人閒話天下事，確乎不可不知⋯⋯⋯

方觀承

──儒行品

　　乾隆十三年三月，方恪敏公觀承由直隸藩司升任浙撫，在撫署二門上題了一聯：「湖上劇清吟，吏亦稱仙，始信昔人才大；海邊銷霸氣，民還喻水，願看此日潮平」。這是有清一代督撫中文字最稱「奇逸」者。

　　嘉慶十八年，也是三月，方觀承的侄兒方受疇亦由直隸藩司升浙撫。這個時候，方觀承的兒子方維甸已經是直隸總督了。早在嘉慶十四年七月，方維甸也就以以閩浙總督暫護浙撫篆。數十年之間，父子叔姪兄弟三持使節，真是無比的殊遇，於是方維甸在父親當年題聯的楹柱旁邊的牆上又補了寫一聯：「兩浙再停驂，有守無偏，敬奉丹豪遵寶訓／一門三秉節，新猷舊政，勉期素志紹家聲」還在聯後寫了一段長跋，記敘了這樁家門幸事。人稱方觀承是「老宮保」，方維甸是「小宮保」。

　　方氏一門三大臣，要從一個人的故事說起。一個人，一枝筆，其餘全無依傍。

　　話說杭州西湖東南邊有座吳山，不知打從甚麼時候起，出了個賣卜的寒士，人稱方先生。方先生年歲不大，可是相術極準，頗得地頭兒上的父老敬重；也因為相術準，外地遊人不乏衝他去的，地方上的父老就敬重得更起勁兒了。

　　約當此際，杭州地界上有個姓周的大鹽商，生平亦好風鑒之術，遇上能談此道的人，無不虛懷延攬，專程求教，搞到後來，由於求速效，沒有時間和精力窮究天人之際、通古今之變，祇好跟一個「五百年來一布衣」──號稱賴布衣嫡傳的第十六代徒孫學技。賴布衣是宋徽宗時代的風水大師，實為天下名

卜，一脈師承到了清初，算算真有五百年。傳到這不知名姓的徒孫，宣稱保有有賴布衣的一身布衣。這身破布衣，也是五百年前古物——可見人要是出了名，就連死後，身上的東西也會多起來。

且說這周大鹽商殫銀三萬兩，跟著賴布衣的十六代徒孫學成「隨機易」——看了甚麼，無論動靜，祇消心頭有靈感，都能卜，人們稱道他門檻精到，未必是要巴結他有錢。他真算出過一件事，據說救了一整條船隊的鹽貨，還有幾百條人命，功德極大。

周大鹽商有個女兒，作父親的從小看她的相，怎麼看，怎麼看出個「一品夫人」的命來，於是自凡有上門來議婚的，一定左相右相、上下打量，總一句話打發：「此子同小女匹配不上。」如此延宕多年，女兒已經二十多歲了，卻沒有一個凡夫俗子有一品大員之相，能入得了周大鹽商之法眼的。

有那麼一回，鹽商們一同到廟裡行香，遇上大雨，來時雇的沒頂的轎子行不得也，祇好盤桓於寺廟左右，正遇見方先生的卜攤。周大鹽商自然不必花錢問卜，可他一眼瞧出這賣卜郎中骨骼非凡，又見他轉身走出去一段路，

更覺此人奇偉俊逸——原來方先生每一步踏出，那留在地上的腳印都是扎扎實實的「中滿」之局；也就是今天人稱的「扁平足」了。

周大鹽商大樂，確信為貴人，上前問了年庚籍貫，知道方先生中過秀才，入過洋，有個生員的資歷在身，而且未婚，年紀也同自己的女兒相彷彿，益覺這是老天爺賞賜的機會，而且秀才是「宰相根苗」，豈能不禮重？遂道：「先生步武嚴君平後塵，自然是一樁風雅之事，不過大丈夫年富力強，還是該銳意進取，起碼教教書，啟蒙幾個佳子弟，教學相長，不也是一樁樂事？」

「步武嚴君平後塵」，說的是漢代蜀郡的嚴遵，漢成帝的時候在成都市上賣卜，每天得錢百文，足敷衣食所需，就收起卜攤，回家閉門讀《老子》。後來著有《道德真經指歸》，是大文學家揚雄的老師，終其一生不肯做官，活到九十幾歲。

周大鹽商用嚴遵來捧這方先生的場，可以說是極其推重了；方先生也知音感德，謙詞道謝了一陣，才說：「我畢竟是個外鄉人，此地也沒有相熟的戚友，就算想開館授業，也沒有代為引薦的人哪！」

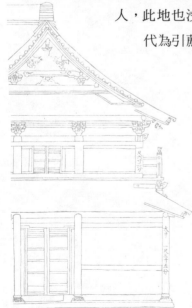

周大鹽商即道：「方先生果然有意教書嗎？我正有兩個年紀少小的兒子，能請方先生來為我的兩個孩子開蒙嗎？」餘話休說，方先生欣然接受了。周大鹽商親自備辦了衣冠什物和一些簡單的家具，很快地就把方先生延聘到家裡來住下了。過了半年，發現這方先生性情通達，學問書法俱佳，周大鹽商便展開了他早已預謀的第二步計畫——重金禮聘了媒妁，納方先生為贅婿。

儘管風鑑之術有準頭可說，周大鹽

商卻怎麼也沒料到自己的命理也該照看一下──這一對新人才合卺不多久，他自己就得急病死了。偌大一份產業，全由長子繼承下來。

周家的長子生小就是個膏粱子弟，根本看不起讀書人。父親一死，就不許兩個弟弟唸書了，還說：「學這套『丐術』做甚麼？」方先生在房裡讀書，新娘子也數落他：「大丈夫不能自作振發，全仗著親戚接濟也不是辦法。連我這個做老婆的也著實沒有顏面見人呢！」

方先生脾氣挺大，一聽這話就過意不去了，轉身要走人；聽他老婆又道：「我是奉了先府君之命，必得終身相隨侍，這樣說哪裡是有甚麼別的意思呢？祇不過是要勸夫子你自立；今天你就這麼一走了之，又能上哪兒去呢？」方先生仍止不住忿忿，說道：「饑餒寒苦是我的命，然而即便是饑餒寒苦，也不能仰人鼻息；如今不過是還我一個本來面目。至於上哪兒去麼──天地之大，何處不能容身？」儘管他的妻子苦苦哀求，方先生還是負氣，竟然脫了華服，穿上當初賣卜的舊衣裳，一文錢不拿，就把來時隨身攜帶的一套筆硯取走上路，可謂絕塵而去，去不復顧也！

身上沒有半文錢，就真是要行乞了。方先生打從杭州出發，也無計東洛西關、也不知南越北胡，走到山窮水盡，連乞討也無以自立的時候，已經來到了湖南嘉禾縣的境內。面前一座三塔寺，讓他興起了重操舊業的念頭──還是賣卜。

賣卜的這一行門道多、品類雜，遇有行客商旅稠密之處，便自成聚落，大家都是通天地鬼神的高人，很少會因為搶生意而彼此起釁的，方先生在三塔寺就結交了一個看八字的郎中，叫離虛子的。這離虛子與方先生往來，彼此都感覺到對方的人品不凡，特別來得投契。

有一天，離虛子趁四下無人，要了方先生的八字去，稍一推演，便道：「閣下當得一品之官，若往北去，不久就可以上達公卿了。我推過的命多了，閣下這個命格是十分清楚的，決計不會有錯謬。」方先生應道：「承君美意，可是沒有盤纏，我哪兒也去不了啊！」離虛子道：「這不難。自從我來到此地，多少年積累所得，也有十幾兩銀子，都交付閣下了罷！十年之後，可別忘了兄弟我，到那時閣下稍稍為我一揄揚，我就有吃喝不盡的生意了。」方先生道：「真能如公所言，方某如何敢忘了這大恩大德呢？」

方先生有了川資，搭上一條走漕的糧船來到了天津。錢又快用光了，聽說保定府有個賣茶的方某人，生意作得極大，方先生想起了這人還是個族親，就盤算著：何不暫時上保定去投靠、先混它個一時溫飽，再作打算呢？沒想到他後首剛到保定，就聽說那族親已然先一步歇了生意，回南方去了。方先生於是栖栖然如喪家之犬，遇見三兩個同鄉，人人都是措大，誰也沒有餘裕能幫助他。所幸有人看他入過學，能寫幾筆字，給薦了個在藩署（布政使司衙門）當「帖寫」的差事。

藩署是個公署，掌管一省之中吏、戶、刑、工各科的幕僚都在這一個衙門裡辦事。而所謂「帖寫」，不過就是個抄寫員，替衙門裡掌管案牘文書的書吏謄錄檔

案而已。一天辛苦揮毫，賺不上幾十個制錢，僅敷餬口而已。

屋漏偏逢連夜雨——才寫了幾個月的字，方先生又染上了瘧疾——這個病，在當時的北方人眼中是個絕症，人人避之唯恐不及。倒虧得他那小小的上司書辦憐恤，拿了幾百枚制錢摝在他懷裡，趁他發熱昏睡之際，雇了幾個工人給扛出署去。工人們也懶得走遠，一見路邊有座古剎，便把方先生給扔在廊廡之下了。

當時大雪壓身，熱氣逢雪而解，方先生燒一退，人也清醒過來。一摸懷裡有銅錢，知道自己這又是叫人給擲棄了，歎了口大氣，不免又懷著一腔忿忿，勉強向北踽踽而行。

不多時，已經來到了漕河邊兒上，雪又下大了。方先生腳下認不清道路，偏在此時又發起寒來。衹一個沒留神，竟撲身掉下河裡去，眼見就要凍僵。也是他命不該絕——此際河邊一座小廟裡有個老僧，正擁坐在火爐邊打瞌睡，夢見殿前的神佛告訴他：「貴人有難，速往救之！」老僧睜開眼，赫然瞧見遠處河心之中蹲伏著一頭全身乍亮精白的老虎。老僧揉揉眼，再走出廟門幾步，發現河口上那白虎早已經沒了蹤跡，河沿兒上不過是趴著個看來已經凍餒不堪的貧民。

由於不知此人是生是死，老僧也猶豫著該不該出手

相救。未料這時殿上的神佛又說話了：「出家人以慈悲為本，見死不救，你大禍就要臨頭了；可要是救了他呢，你這破廟的香火就快要興旺起來了。」老僧聽見這話，還有甚麼好猶豫的？當下有了精神，便將方先生扛進廟裡，脫去濕衣，溫以棉被，燒上一大鍋薑湯灌餵，方先生終於醒了。老和尚自然不會把神佛的指示說給方先生聽，卻殷殷地向他打聽來處和去向，弄清楚這是個落魄的儒生，益發地尊敬了，又給換上一套好衣裳，算是收留了他。

到了春暖花開的時節，老僧對方先生說：「先生畢竟是功名中人，而此地卻無可發跡。老衲有個師弟，是京師隆福寺的方丈，與王公大人們時相往來，那兒倒是個有機緣的去處。老衲且修書一封，另外再奉上兩吊錢的盤纏，送先生登程，還望先生能在彼處得意。」

方先生倒沒忘了離虛子的吩咐，自是欣然就道。來至隆福寺，見那方丈大和尚志高器昂，非俗僧可比，心上的一塊大石頭也就落定了，頗覺此處的確是個安身立命之所。大和尚人很乾脆，拆開書信略一瀏覽，即對方先生說：「既然是師兄引薦的，就暫請至客舍安頓，住下來，不必見外，寺中蔬果饘粥，足可裹腹。如此等待機緣也就是了。」方先生這一向過的就是得食且食、得住且住的日子，惟獨身上沒那麼一件像樣的衣服，是個苦惱。他總牽掛著：萬一夤緣有所遇，卻沒有一套見得了人的衣冠，豈不大慚形穢？

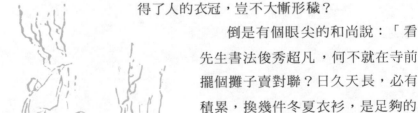

倒是有個眼尖的和尚說：「看先生書法俊秀超凡，何不就在寺前擺個攤子賣對聯？日久天長，必有積累，換幾件冬夏衣衫，是足夠的了。」於是賣卜的成了鬻字的，居然買字的顧客源源而來，遠勝於問卜的收入。方先生一天可以賺上好幾百個制錢，算一算，一個月居然

掙得上幾兩銀子。

　　當是時，偏遇上皇太后要還一個願——倩人大書《妙法蓮華經》百部，施捨給天下名山，作大功德。皇上就下令翰林院自修撰以下，舉凡編修、侍講、侍讀學士，人人寫出個款式，向太后呈覽；合格的，便要專責委差，寫這一百部佛經了。

　　興許是翰林院的爺們兒不願意伺候這個差使，故意寫得不怎麼像樣；又或可能是太后別有一份自出機杼的眼力，怎麼也看不上館閣諸公那種黑大光圓的字體，居然沒有一家的書法能稱旨的。太后也不將就，遂命諸王公「在外尋訪」。

　　有個王爺，與隆福寺大和尚是交好舊識，知道寺中有寫經僧，便把這事委了大和尚。大和尚集合所有的寫經僧人試寫經文晉呈，太后還是不滿意。這一下麻煩了，太后催王爺，王爺逼和尚；催逼急了，一個寺僧給出了個主意：「何不請方先生試一試手呢？」大和尚猛搖頭，道：「這不過是賣春聯的字法，怎麼能入太后的眼呢？」那僧人答道：「除了方先生，隆福寺也沒有旁的人了。既然沒有旁人能交差，賣春聯的好歹也是一體，讓方先生試一試，至不濟也不致於得罪罷？」

方先生試寫一帖晉呈，不料太后大喜，傳旨「速召此人入宮」。那王爺則親自到寺來迎接，大和尚惶然失措，趕忙為方先生準備了行裝，送入宮去。一百部《妙法蓮華經》書成之日，皇上親自看了，還特別請示太后：是否滿意？太后的說詞卻大出朝中君臣之意外。太后說：

「朝廷裡的大臣們，不是沒有寫得比他好的，可皇上要知道：『福分屆滿，即無功德』——這個嘛，從一個人的字上是看得出來的。然而此人之字不同，一眼就可以看出他積德深厚，後福無窮。眼前，他是一孤苦伶仃一個人，將來必定是個正直大臣，有功於國，這，從他的字上是看得出來的。此人的字在嶙峋露骨之中並不寒薄，是以波磔點捺之處可見渾厚多力——皇上可以給他一個官做。」皇帝奉懿旨，召見了方先生，欽賜舉人出身，先在京師的部裡找著一個司官的缺，給安插上，隨後「遇缺即補，一歲三遷」，其知遇之隆，可謂有清以來所僅見。

方先生最不凡的一點是：即便發達以後，他還沒忘了糟糠之妻。一旦任官得意，便立刻修書一紙到杭州，要將妻子接進京來。那周大鹽商的女兒卻是回信說：「妾自夫子去後，心向空門，今以習靜，自維不能相夫子。如念結髮情，置媵可也。」方先生得書之後也不強求妻子履行同居義務，也不再婚，索性耗著。

方才說過這皇帝看上方先生的忠誠樸實，對他推恩甚厚，有「遇缺即補，一歲三遷」之勢。不到十年，當上了直隸布政使，又過了沒多久，升

任總督。那位離虛子果然接到總督的手札，來京一會，經過方先生幾度揄揚讚賞，離虛子的術數修為可謂聲動海內，非但獲重資報賞而去，日後的生意當須是作不完的了。

至於漕河邊上的救命老僧，的確也有如神佛所預示的那樣，由於方先生親自前往祝禱之故，朝中文武百官風從景行，都跟著前去爭獻壽儀。這一下非但香火鼎盛，還有地方父母給重修廟宇，好事的捐建了「孤獨園」，專事收養流民。不徒此也，正因為方先生以流民之身竟然當上了一品大員，這個近乎神話的真實經歷使全國上下興起一片撫輯貧民的風尚和諸般濟苦救難的作為。有設置義學的，有廣開留養局的，至於開田通渠、修橋補路的，更是所在多有、不一而足。

也正因為方先生是南方人，還由此而大大地推動了原先就由南方傳移到北方來的一些產業。比方說種棉。方先生看北方人不習於此道，遂廣為招募南方具有生產力的百姓到北地做技術顧問。此外，他還有一個特別的貢獻是對官僚體制內部的改革；當方先生還在保定藩署幹「帖寫」的時候，因為身在整個官聊體制的最底層，深知各級衙門裡的「吏」──也就是各種事務官、幕僚等──藉著某些公文書格式之不能統一而鑽漏洞，上下其手、串通作弊的情事。於是推動了公文改革，「官文書皆頒訂格式，有上下肅清之功」。

政績愈著，寵眷愈隆，也就愈有入觀面聖的機會。有一回皇帝問起家中情況，很訝異方

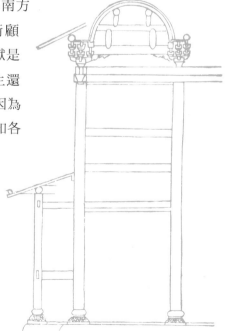

先生居然沒有子嗣，方先生再將詳情首尾據實奏聞，皇帝居然親自降旨趙
夫人進京團圓──這就不得不來了。一品夫人見了方先生之後，一再拜
勸：「我來，是應君之命；可是馬齒徒長，沒有生育的能力，僅能主持主
持家務罷了。夫子還是另外納個妾，另作生養兒女、傳宗接代的打算。」
方先生不聽這一套，結果還是皇帝以江南織造局進獻的一名宮人打賞；
這，依然是不能拒絕的，方先生也因此有了個兒子，日後也做到了巡撫的
官。至於苦盡甘來的周氏女，特頒「一品夫人」銜額。此女真正的識見，
是在不肯為方先生生養兒女上；因為當年是招贅成親，就算生養了兒子，
還得姓母家的周，不能繼承方家的香火。方先生自己也是直到兒子出生取
名之時，才想起他那一品夫人用意的深刻。

　　方先生──有人說就是方觀承，其子方維甸，與父親並稱為老小二宮
保。不過對照方觀承本人的行狀與袁枚的《隨園文集》所載者，並不相
同。行狀傳記所述，很難鼓舞窮酸寒士上進。因為人一旦混到有人給寫行
狀傳記之際，已經不夠孤獨了。

貳、達六合 藝能品

達觀，有說姓托忒克的，滿州部族的姓氏太長，說了也記不住，一般連滿人都呼他「達爺」、「達老爺子」，也有叫他「達六合」的；那是因為他祖上四代起就寄籍江蘇省六合縣，直到他父親那一代上才又回京做生意，都下旗人都管這父子叫「六合」。「達六合」又有通行上下四方的意思，咱們也就叫他達六合罷。

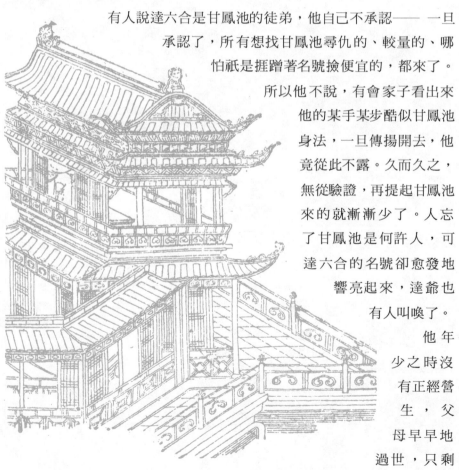

有人說達六合是甘鳳池的徒弟，他自己不承認——一旦承認了，所有想找甘鳳池尋仇的、較量的、哪怕祇是捱蹭著名號撿便宜的，都來了。所以他不說，有會家子看出來他的某手某步酷似甘鳳池身法，一旦傳揚開去，他竟從此不露。久而久之，無從驗證，再提起甘鳳池來的就漸漸少了。人忘了甘鳳池是何許人，可達六合的名號卻愈發地響亮起來，達爺也有人叫喚了。

他年少之時沒有正經營生，父母早早地過世，只剩

這一個六合，他就仗著祖蔭餘產，開了一爿酒家，這酒家沒有招牌，可是在都下極富盛名，讀過書的都叫此舖「帖爐」。由於達六合喜書法，尤擅作題壁書，動輒著店夥磨墨濡毫，向壁塗鴉，有時作擘窠書，字大如斗，鐵劃銀鉤，碑氣淋漓；有時作狂草，似虹霓逼空，有龍飛豹變之態。即便是精於賞鑑的書家也常藉著沽酒，來看他題壁。

　　他有時撰一聯，有時製一絕，少則十字，多不過二、三十字，寫過之後不經宿就命人白粉塗髹，將原跡掩去。稱許他寫得好的，還有「不著一字，盡得風流」之語爭喧於途。多事的也會悄悄記下他的句子，比方說：「慣看江湖懶看禪／詩心易逝勝流年／閒情不與驚鷗客／排闥青山先上船」、「旗亭畫壁盡成泥／太白魂遊六合西／一劍臨江千載下／鋒芒嚇煞午啼雞」，詞雖不能近雅，還有點兒不落俗套的意思。至於對聯，也常以家人語透露奇趣，如：「食方近午終須麵／酒欲傾杯始盡歡」、「閉戶坐憂天下事／臨危真與古人同」、「春寒竟為醪難得／世亂仍須我放懷」。其句跌宕奇突，不主一家，京中士人有作消寒、消暑會而競詩鐘者，居然還會傳出這麼一句俏皮話兒來嘲諷那些文理欠通、或者詩思壅滯的：「您這兩句兒，人家達六合還不讓刷呢！」

　　「帖爐」的規矩：來客要是也想露兩手，達六合是歡迎之至的，不過有規矩，「與書客約，法三章」：其一是聯語、詩句必須出於自作，其二是試帖制藝的那一套臺閣錦繡恕不奉納，其三是題壁時墨瀋不能滴漏滑滲。即令如此，壁上的字跡也從來未曾留過三、五日以上的。達六合看著不順眼，一招手就叫跑堂兒的給抹掉了。

　　這一天城外來了個拳師，在市集上畫地圍了個場子，當央豎一大旗牌，上繡兩行鉤金大字：「足踢江河兩岸／拳打南北二京」，旗牌頂上橫裡飄著張幡子，墨書「俯仰獨威」。有人給達六合來報信，說這是衝他來的，江河兩岸加上南北二京外帶那麼一俯一仰，不就是要給達六合一點兒

顏色看看麼？

達六合原不介意，來說閒話的人多了，他也好奇起來，跟著去瞧熱鬧。果然看見一個大塊頭兒拳師在市集上擺「生死擂」，打出地上那白粉圈兒去的不論，但凡還有一口氣在，是可以在圈兒裡活活送掉一條命去的。還真有不知天高地厚的地痞無賴進圈掖戰，總撐不過一、二回合便給扔出圈兒來。有的受傷極重，有的性命無虞，可皮肉受苦不輕。

達六合看了一陣，扭頭便走，一句話也沒說。跟著來看熱鬧的不過癮，吵嚷著要達六合露兩手，別讓外地練家子瞧著咱們京裡沒人。

「你是個人，你怎麼不去！」達六合撂下這話也頂實在。

當晚戌正時分，達六合正上著前門門板，那賣拳的倒找上來了。

「聞聽人說此間有位達爺精通拳術，好不好請達爺賜教兩招？也不枉我三千里程途，進京一趟。」

達六合看了那人一眼，迸出一個字來：「坐。」隨即親自打酒陪著坐下。這「帖壚」是個「桌缸舖子」，賣的都是濁酒。店中狹仄，僅容三兩張四座方桌。平時來沽酒的客人多自備壺具，到門首稱斤論兩，付過錢、提了酒就走。極少會勾留在舖子裡喝的——要這麼喝，其實也沒甚麼不可以，就是無趣罷了；畢竟店中不供應餚饌，也沒有佐觴的琴娘歌女，這種乾喝濁酒的客人還有個外號，叫「泥蟲兒」——據說還是有典故的：「泥」是一種生於南海的蟲，遇酒則通體綿軟欲化。換言之：「泥蟲兒」就是那些爛醉鬼的別稱，不是成天價但求一醉的人物，大約都不願意坐在「桌缸舖子」裡捱白眼。而「桌缸舖子」顧名思義：掀起桌面，底下就是口缸，且喝且打，沒甚麼講究，缸中所貯放的，反正也都是混和著糟渣的劣酒。

達六合陪著喝了幾杯，也不說甚麼。那拳師漸漸沉不住氣了，指著牆上的字說：「聽說你還能寫一筆好字？我，許寫不許寫？」達六合將三個規矩說了，拳師道：「那也不難，看筆墨來。」筆墨才伺候下，拳師飛身上桌，一雙腳偏偏踏在桌沿兒上——先前說過：這桌缸上頭的桌面是塊活板，儘一人之力踏其一邊，桌面居然沒有翻覆，可見這拳師的輕功多麼了得了。這還不算，拳師當下蝦腰從店夥手中搶過筆來，順手向壁間一抹，但見那筆頭兒硬生生地給插進了牆裡，一插三寸深，剩下半截竹管還露在外面，那模樣兒倒活像個掛釘兒了。拳師隨即把腳上的一雙草鞋脫下來，往筆桿兒上一掛，抱拳笑道：「這三日我還在京裡，老地方不見不散！達爺不肯賞光，我還是要來叨擾的。」

達六合這一天夜裡上了店門之後沒睡覺，喝完了這桌的一缸，又到旁邊的一桌喝，鯨吸虹飲一陣，第二缸也喝光了，再喝第三缸。每打一碗，便抬頭看一眼壁上釘著的釘子、掛著的草鞋。每喝一碗，就喃喃自語一陣：「這人究竟是個甚麼來意呢？」「我卻用個甚麼法子對付他呢。」不消說：那拳師還真是個強敵了。

喝到最後一桌，還真是生平頭一遭兒——有了醉意，眸眼迷離，手腳不聽使喚，一推桌面、拿碗向下撈酒喝，沒注意酒已經喝光了，

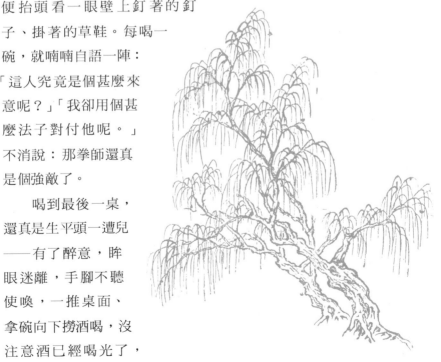

撑扶著桌面的手卻沒按穩，滑了一傢伙，把個桌面的一角壓翹翻轉，打了後腦杓一傢伙──達六合吃自己這一桌面打，卻不由得笑了起來：「有了！」

接下來的兩日夜，達六合非但沒有開門做生意，他根本沒醒過來。第三天一大早，店夥看不過去了，照常瀝酒篩醪，最後將糟渣摻水和進缸裡之後要蓋桌面兒了，才把他喊起來，道：「達爺！您再不起，那要命的就要來了！」

達六合聞言一轂轆兒翻身爬起來，看那店夥正在擦桌子，便急急問道：「咱們舖裡有緞子布沒有？」

店夥想了想，道：「緞子沒有，包甕蓋兒的紅綾子倒有幾塊。」

「也成！快拿來！」一面說，這達六合一面解了綁腿，脫了老桑鞋，轉身進裡屋去提拎出一雙祇在年節或吃肉大典的時候時穿的靴子來。他也不著襪，逐從店夥手中抓過兩塊紅綾子來纏在腳上，隨即套了靴，抬頭看一眼壁上掛著的那雙草鞋，對店夥說：「我去去就回。」

「達爺！」店夥面露憂忡地說：「您、您這是去、去、去比武的麼？」

「不！爺去殺人。」達六合道。

按律殺人抵命，打擂臺立下的生死狀是不能算數的；不過京中打擂有個傳說：那是乾隆爺年間的事了。河南有個陸葆德，武舉出身，來京擺擂，打死一個宗室子弟，這麻煩就大了。九門提督親自來拏，驚動了天聽，不知道是皇帝老兒惜才、還是刻意要壓抑宗室，總之隔不幾日就把陸葆德放了。

此後都說立下生死狀的打死不必償命，都下擺擂臺日漸多了起來。觀者若堵，都想看人如何打殺一條性命。久而久之，就出了使詐的──串好了七八十來個壯丁，一個一個上台，輪番餵招打假拳，也有因之而設賭猜勝，一樣是玩兒假的。擂臺上拳來腳往，不可開交，底下盤口乍起時落，

也熱絡非常。一見打死了人，立時有三、五好事者抱了草蓆過來，捲屍便走，一路上鮮血沿街淌灑，看得人怵目驚心，走遠了，但看四下無人，草蓆一扔，裡頭那屍體也翻身竄走，不需一眨眼的工夫，便四散無蹤了。此類勾當，人稱「柵欄買賣」，以其人原本多聚集於一名曰「大柵欄兒」之地。假拳打久了，即使下注不如先前踴躍，可湊熱鬧的人場、錢場仍十分可觀。至於官司裡既知為假，更樂得放開不管──那樣即便真有風聞鬧出了人命，捕差皂隸也可以推說：那是「柵欄買賣」，有甚麼好追究的？

　　然而，這一個號稱「足踢江河兩岸／拳打南北二京」的拳師來打了這麼些日子的擂臺，近圈兒去搦戰的居然都是附近的地痞流氓，給三拳兩腿收拾下來，身上都帶著硬傷──不消說，人家真是來京師混一頭臉的，拳拳到肉，一點兒也不含糊。待達六合一到，四方八面的老百姓都聚攏了，有給請安的──那一定是旗下子弟；也有給拉著膀子說悄悄話兒的：「您留神！這小子不是『大柵欄兒』的。」達六合也不廢話，跨進圈兒去雙手略一拱禮，便拉開了架子，道聲：「請罷！」

那拳師先朝大旗牌底下一個三尺高的罈子指了指，隨即還施一禮，道：「某若敗下陣來，這些日子所得錢財俱在罈中，並有生死狀在內，一併請達爺收下。某但求草蓆一捲，亂葬崗上隨處一扔，倒也方便。」

「請罷！別那麼些廢話。」達六合全無表情地說。

「要是達爺敗了呢？」拳師凝眸冷冷地盯著達六合，彷彿真有甚麼了不得的要求。

達六合仍舊不哀不喜地說：「達某是個死人了，還能幹個啥呢？」

此言既出，圍觀的眾人不覺失聲大笑起來——話說得的確冷雋，可也真是大實話：一個死人還能在乎甚麼？可掉回頭來說：他這可是要豁出命去了。

說時遲、那時快，拳師猛裡一個「孤鶴沖天」竄上丈許高，半空裡團起身形，這便是輕身功夫的上上乘了——且看他似鎚又似球，迎風一翻騰兩下，不朝下落，反而又向高處拔了兩丈，這麼一來，借力之距愈遠、俯衝之勢愈疾，飄忽悅兮，竟如鬼魅的一般，電掣而至。在達六合看來，這拳師祇圖速勝，自然不計凶險，是以從天而降，拳掌俱下，皆十成之力為之。要躲，來不及；要迎，抵不住，在這霹靂石火的一瞬，祇有一個法子：讓這從天而降的對手有個不知如何落地的後顧之憂。

自凡是練家子都看得出來：由上而下，攻勢最稱凌厲；可落擊的速度越快、催發的力道

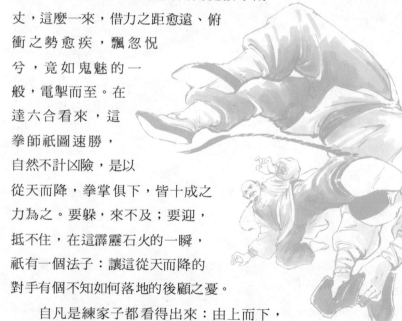

越大，收勁越是困難，萬一落地不安穩，常有崩斷脛骨的情事。從前甘鳳池率江南北六俠襲殺那結拜的淫僧大哥了因，屢攻不下；最後還是白泰官練成了一式自高崖上俯衝而下的殺招，一劍插入了因囟門，才勉強得勝。俯衝而下，說來容易做去難，單為練成由十數丈高之處墜落、而不傷及脛骨，就花了好幾個月的修練，終於想到能以頭下腳上的姿態落地——那不是會折斷腦袋或手臂麼？不，練劍先練膽，最是教白泰官花費心力的一個關頭，就是如何從高崖起跳到撲落地面之時，全不眨眼，俯下及地，全憑一劍撐持，而腰不顫、肩不抖、腿不屈曲，由劍尖至足尖筆直一線，劍插入土，鋒鍔鐔脊盡沒土中。經由白泰官的體會，其餘六俠在襲殺了因一役之後，多多少少都學成了幾分：如何自天而降地攻擊、以及如何拆解自天而降的攻擊。

這，說開了大約算是達六合曾經師事甘鳳池的一個證據罷？總之有那麼一招傳了下來，讓達六合對付了那拳師一記——他忽一閃左、再一閃右，左右皆不往，倒是分別向左、右各遞出一枚掌影，可掌影若有似無，看來祇是要賺那拳師來同他對掌，那拳師若同他對了，又得拿捏左掌是實？是虛？右掌又是虛？是實？若看穿這兩掌皆虛，而不同他對擊，則這從天而降的攻勢必得鑽透兩掌掌影之間密隙，穿透其門戶，直搗肺腑才能致命。單祇這一猶豫，拳師便來不及顧慮自己還有甚麼穩妥的落地之勢了。不料達六合險中還套著另一險；他兩掌恍惚向上迎禦，果然沒有一掌是透勁使力的，人竟猛裡像後退開半步，居然一腳向上踢出。偏在此際，旁觀眾人之中有個顯然是曉事的，忍不得喊了一聲：「要糟！」

由於都下再怎麼說不會有替外人助威造勢的，是以這聲「要糟」，當然是衝著達六合的處境而來——試想：就算凌空而下的是一方大土塊兒罷，如此一腿彈出，一擊而潰之、崩之，固然無恙，可他踢的畢竟是個活

人，又帶著攻勢，達六合人在低處，本來就吃虧，這般硬碰硬，重心失了敧側不說，教人一把攫住的話，重則一肢立斷，輕則給對手鎖住一條腿，那就祇能任人宰割了。

然而世事竟有決然不可逆料者！連這行家也沒想到：即便是一掌之後又一掌、兩掌之後又一腿，三擊皆虛而不實。達六合似乎早料定了對方不祇要速勝，還想戲侮他一番；是以那拳師飛身欺近之時忽見達六合一腳飛起，並未奮力斷之，反而一把將達六合的小腿抓住，像是想要將他捉在手中調弄把玩幾下似的。未料這廂才捉住半條右腿，達六合一副身軀猛可伏向一旁，另隻腳同時倏忽遞出，正踹在那拳師的頸根兒上，那拳師兩眼一凸，仰臉翻倒，登時斷了氣兒；他兩隻手緊緊抓著的，居然是達六合的一隻空靴子。綾子布原來是這麼個道理：達六合要的就是一雙滑不黏腳、能隨時甩脫靴筒的襪子。那拳師祇當自己拿住的是腳，自然拚力不放，如此對於結結實實踢上脖子來的第二腳，便全無防禦之力了。

殺了這無名拳師，並沒有解決達六合的困難，還找來了新的麻煩。順天府尹把他給找了去，簡明扼要地告訴他：「達公你身上畢竟揹著一宗案子，要銷此案，其實並不難，你給幫個忙如何？」

這話裡頭祇有一個字不當，就是那「幫個忙」的「個」字——日後，達六合不知幫了京師在地大小衙門多少忙，可那一宗背在身上的案子，始終沒銷過。一旦他不肯幫忙了，來「帖壚」議事的人就不由自主地抬起頭、斜稜著一對眼珠子朝牆上逡視。牆上，那雙草鞋自然早就讓店夥兒給扔了，那支插進牆裡的毛筆是教達六合拔了？還是鋸了？沒人知道。總之外表上看不出來，粉白一壁，隨時可以塗垇髹刷，幾回下來，破洞便掩覆了，就算有意尋覓，還未必找得著呢。

這且不作細表，先掉頭說京師裡有個致仕居家的老翰林。這老翰林先學而後幕、幕久而後官，官落而復幕，沒成就過甚麼功德事業。最後人家還是尊敬他的科名，稱他老翰林。老翰林姓張，外號鉅鹿翁。直隸順德府人士。

這鉅鹿翁年紀很大了，仍舊喜歡喝兩杯，偶而來沽酒，發現達六合會寫字，覺得他的筆意酣暢淋漓，自成一格，且不失法度，很有些情態。於是老翰林便經常來「帖壚」沽酒，碰巧了，還真能看見達六合當席揮毫。

可前文說過，在這種「桌缸舖子」裡喝酒的，都是下三流的人物，說甚麼鉅鹿翁也有個二甲科名的出身，怎好跟這些個人共桌而飲呢？不能來壚前久坐，焉能得知達六合甚麼時候題壁？甚麼時候賦詩？那詩那字一如薤葉兒上的露水，隨時就湮滅消散，不能一睹，終成遺憾。

日子稍久些，鉅鹿翁想出個法子。原來他在鄰坊本有一處別宅，長年價雇著一對夫妻看守，就算是這對夫妻自己的家了。平日鉅鹿翁入城逛逛書肆，一旦出入，總不免要在那小宅院裡歇歇腳。有些甚麼酬酢宴飲，喝多了乘騾馬車輛往返，又怕路上顛簸得難受，也常就近在這別宅裡過夜。

從鉅鹿翁歇腳處到「帖壚」其實很近，打從那宅子的西側一仰頭，還看得見「帖壚」門首的酒帘兒。鉅鹿翁的主意是買通「帖壚」店夥，一旦聽說達六合題壁的興致來了，便暫將酒帘兒收降幾尺，鉅鹿翁不在城中也就罷了，別宅看家的遠遠地看見了，就趕著上「帖壚」去，還看得見他寫了些甚麼，給抄回來。要是來得湊巧，鉅鹿翁也在城裡，一見酒帘兒降了半竿，他老人家自己步行前去看看熱鬧，那就更顯親切有趣了。

鉅鹿翁是老書生了，過目不忘算是基本功，看人題了壁，返室再抄謄一過，評點幾句，渾賜都下許多風流雅士，動輒將累年積作乃至一千應酬詩文悉數把來，釀貲刊刻成版，或者雇請抄手謄繕；居然廣其流傳，儼然

就是個詩人了。不過，這中間還是有差別。達六合的詩卻是鉅鹿翁給傳
的，鉅鹿翁自己日後刊刻達六合的詩集《春醪殘墨留痕》的序言中承認：
遇上有些雅集，非得要即席謀句鍊意、屬文成章不可的場合，很自然地，
甚至是不知不覺地，他還會援引或鎔鑄達六合的詩。達六合碰上了這樣的
知音，所寫的詩才流傳下來。

　　有一回，達六合詩興大發，竟然寫了一首七言律詩，其原文如下此：

半山明月似雕弓／看射絲雲看射風／秋水匣中知有意／庶人劍上奈何鋒
蓬頭莫向丹墀去／炭啞已隨紫轑東／坐對蒼茫思碧血／殘芒咄咄出寒宮

　　秋水，可以指秋天的雨水、江河之水。也可以指人的眼睛──特別是
美人的眼睛，所謂：「眸盈秋水，淚濕春羅」是也。更可以指劍光。韋莊
的〈秦婦吟〉：「匣中秋水撥青蛇／旗上高風吹白虎」是也。在這一句詩
中，「秋水」顯然是第三解，因為「匣中」的緣故。

　　蓬頭、庶人劍，這是趙文王養劍客、被莊子嗤笑的一節。「蓬頭突鬢
垂冠，曼胡之纓，短後之衣，瞋目而語難」的一群人被莊子嘲笑為「庶人
之劍」，也就是暴虎馮河之輩，怒逞一夫之勇所幹的
魯莽勾當，語出《莊子·說劍》。

　　丹墀，是宮殿的代稱。因為從漢朝起，宮殿中紅色
的台階、地面都用「丹墀」來稱謂。

　　「炭啞已隨紫轑東」，典出刺客豫讓刺殺趙襄子的
故事，但是融進詩裡，更有些複雜，得稍待片時，由
鉅鹿翁自己來說。

　　寫出這一首詩的時候，鉅鹿翁剛巧在旁邊，看他
寫罷了，便忍不住嘆了口氣。達六合反倒覺得不解
了，忙問：「老翰林！我這首詩，寫得不中？」

「詩寫到達爺這個境界，沒有所
謂好不好了。」

「總有高下之分的。」
達六合道：「老翰林有
以教我。」

「高，就高在『修
辭立其誠』，」鉅鹿翁笑

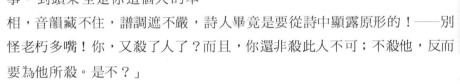

道：「無論你再怎麼寫景用
事，到頭來全是你這個人的本
相，音韻藏不住，譜調遮不嚴，詩人畢竟是要從詩中顯露原形的！——別
怪老朽多嘴！你，又殺了人了？而且，你還非殺此人不可；不殺他，反而
要為他所殺。是不？」

達六合沉得住氣，道：「老翰林，這詩寫的是劍、也的確用了刺客的
典故，興寄舊章，抒遣時懷，本來就是造詩手段，何足為奇？可與我殺人
不殺人，有甚麼相干？與人殺我不殺我，又有甚麼相干？」

鉅鹿翁道：「老朽非但知其干係，還知道這是何時、何地、因何緣故
而發生之事。要不要我同你說說——」

「達某倒是願聞其詳，」達六合依然還是那麼一副冷雋模樣兒，道：
「請老翰林賜教罷。」

「其地麼——決計是在新河縣之西、柏鄉縣以東、平鄉縣之北、晉縣
以南，有野山名『難得』之處。此山不高，四方八野的百姓喜其不深無
險，平曠近人，常登臨玩耍，竟還是謔稱此地『難得成山』，所以就叫
『難得山』了。」

說到這兒，達六合微微一頷首，甚麼話也沒說。

「其時麼——要之便在今年秋末，十月初三，算一算，倒也就是不數
日之前了。」

達六合面上仍無異樣，祇順手指了指座位，鉅鹿翁笑笑，毫不忸怩地

也就坐下來，像是好容易逮著了個時機似地搶著說：「老朽不才，要是將你詩中心事全說中了，可以看賞否？」

「我一個沽酒的，能賞老翰林您甚麼呢？」

「達爺的詩，頗耐人尋味。」鉅鹿翁低道：「老朽有意作個箋注，倩人刊刻了，以廣流傳。」

「承蒙老翰林看得起，達某不敢矯情藏私，不過——」達六合沉吟了片刻，道：「您要是說不上來呢？」

「說不上來，」鉅鹿翁是個何等練達之人，轉眼又冒出個主意來：「說不上來老朽便上你這兒來伺候筆墨粉坊；達爺甚麼時候要寫詩，扯扯門首酒帘兒，老朽就到。久而久之，老朽這方腹笥，也非積貯之地，達爺的詩，自然還是要見天日的。」

達六合看他志意堅決，不像是在開玩笑，遂點了頭，道：「那麼就請老翰林賜教罷。」

「這一律，是悼亡兼自傷之作。能夠解得，老朽佔了一個便宜；誰教我號鉅鹿翁呢？我號鉅鹿翁，又焉能不知鉅鹿之事呢？」鉅鹿翁道：「每年十月初三，這新河縣、柏鄉縣、平鄉縣、晉縣的老百姓都有一個迎令之會。古人以四時附會政令，百姓各安其時、服其令，就留下了這麼個風俗。是日也，鉅鹿之民扶老挈幼，相率至難得山行『燒葭』。

「燒葭者，便是焚燒蘆葦草膜。先民間這草膜燒成極細的灰燼，盛入各式律管之中，待冬至之日，律管之中的葭灰自然會應和天地之氣而飛騰舞動；先民便看這飛灰舞動的情狀，占卜來年農事的豐歉，很有幾分準頭。所以有『層城之宮，靈苑之中，奇木萬品，庶草千叢，光分影雜，條繁幹通，寒圭變節，冬灰徙

箭，並皆枯悴，色落摧風。』的形容。

「『燒葭』就是冬藏之始，到了這一天，儘管尚未立冬，先民都要為『藏』作準備了。這『藏』原本指的是穀物，可禮俗久之而引伸、而變遷，到了唐、宋之後，又衍生出來些個『藏物』、『藏性』、『藏才』的講究。此外，芟伐蘆葦也是十分無趣之事，也不知是兒童們想出來的把戲，還是閒慌無聊賴者想出來的俚戲，前明以來，鉅鹿當地就盛行在十月初三當日，行『戴勝事』。無論老小，但凡事上難得山伐葦草，便得自製假面蒙覆頭臉，以為『入藏』。也有人附會說這是免得芟伐燒夷之時，為草蟲、火煙所傷。無論如何，人人蒙面覆首，不知彼我，倒是難得的樂趣。

「祇不過──凡事有其趣利，亦必有其害苦。以我輩道學之人視之，好端端一副面目，不能光明磊落示眾，必有暗室欺人之心。這才是『藏』之為災為難也！──達爺今番上鉅鹿難得山去，苦是遇上了藏頭覆面之人呢？」

達六合微微一笑：「我每年都去的。」

「尋常過往的，大約就是『半山明月似雕弓』一句，難得山土丘平曠，半山可見，蒼冥無窮。更何況是弓月，不能遍照萬有，所以祇能照亮半山；至於另外半山，恐怕就有蹊蹺了。

「到第二句『看射絲雲看射風』，是承上啟下之語。承上，說的是闃暗幽黑之處引人遐思，是時四周燒葭之人何止百千計？人人都帶著假面，無從認得、辨得；但是達爺飽歷江湖，閱盡干戈，已經嗅出不尋常的氣味來，才會以月為弓，『看射』，其實就是極盡目力蒐尋。雲狀如絲，莫非有風？正因為有風，習武慣鬥之人才能於毫不經意、也毫不起眼之處，感知非

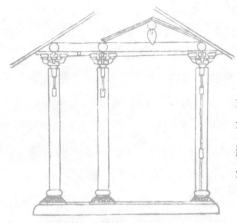

比尋常之事。

「如此，才接得上底下『秋水匣中知有意』的句子來了。秋水者，劍光也。匣中藏劍，焉能知其有光？以劍光比擬劍客的心思，則劍客的心思一定是隱藏不可告人的了。試問：一個劍客，有隱藏而不可告人之意，非行刺若何？」說到這兒，鉅鹿翁似乎刻意地停了下來。

「翰林翁，請說下去。」

「『庶人劍上奈何鋒』，用語至為淺顯，說的正是趙文王養的劍客，這些個劍客是甚麼樣的一種人呢？莊子形容得妙：『蓬頭突鬢垂冠，曼胡之纓，短後之衣，瞋目而語難』。這樣兒的人，能幹出些甚麼樣的事業呢？也不過就是『相擊於前，上斬頸領，下決肺肝』，用莊子的話來看，就是『無異於鬥雞，一旦命已決矣，無所用於國事』。要是把『秋水』、『庶人』兩句合起來看，就知道你達爺當時不但認出了那刺客，知道了他的心思，還同他對了幾句話。」

「我說了甚麼？」達六合兩眼之中迸出了異樣的神采，顯得既迷離、又詫訝。

「達爺說的詞兒，老朽不能重述；不過，要之不外是勸這『庶人劍』不要甘心情願、做了他人的爪牙罷？你還明明白白地告訴他：他不是你達爺的對手。——『奈何鋒』三字是此句之眼，《莊子‧說劍》原文之中根本沒有說起『庶人劍』以何物為鍔、為脊、為鐔、為夾、為鋒——其實『奈何鋒』就是沒有劍鋒啊！。」

達六合聽到這兒，不覺拊掌大樂，道：「老翰林果然是翰林，看光景，我這詩是天機洩盡了呢！」

「不！天機還在後面──」鉅鹿翁壓低聲道：「之後的『蓬頭莫向丹墀去』雖然有勸勉那刺客不要輕舉妄動之意，但是也委婉道出：要買兇撲殺你達爺的正主兒，是在都下、在宮中，甚至在紫禁。真正有意思的是第六句：『炭啞已隨紫輅東』。這句話用的是昔時刺客豫讓刺趙襄子不成的典故。豫讓為了替智伯報仇，進入仇家趙襄子的宮室，忍污含垢，塗洗廁坑，倏忽而出刺之，卻不能成功。此子猶不甘休，遍體塗了漆，讓身上長滿了瘡；又吞了炭，以便改易聲音，行乞於市。結果連妻子、朋友都辨認不出他是誰來，到了這步田地，再刺趙襄子，仍不能遂其所願。最後拿了趙襄子的衣服刺了三劍，第四劍，便自殺了。

「如果『炭啞已隨紫輅東』說的是豫讓，那麼豫讓是自殺以謝智伯的，難道你遇上的那刺客也自殺了麼？依老朽看，非也、非也！他還是被你給殺了的──這就要從『紫輅』二字看了。

「輅者，大車也。一般用輅字，多是形容王侯親貴們出入所用之車，其用色好尚，蓋因時因地之不同而有異。本朝以來，王侯用車偏不尚紫──近年聞知倭人服色分四等，其尚紫惡黑，里巷皆知。是以王公貴人之飾車者，幾無一用紫。可鉅鹿這地方『燒葭』確有一種專為運送粗大葭灰的車，其色青，謂之『溫涼車』。古代給帝王迎靈送葬的車，也是叫『輼輬車』，然而鉅鹿之人以燒葭之禮而名其車為輼輬，乃取『溫』、『涼』之意。

「為什麼呢？原來車中所載，都是不合律管所用的粗粒兒葭灰，量極大、但是質極輕。焚灰放涼，用紗網濾過，已經不熱了，偶有餘溫而已，才能乘車載走。燒葭過後，老小男女人手幾捧葭灰，灑入車中，這叫『送劫灰』，討一個吉利。青色的車，在月光、篝火掩映之下，載灰而去，傾入河川，永離是鄉，這是鉅鹿父老的舊俗深願。不過，遠遠望去，青色的車，在一片火紅的餘影之下，卻綻泛著森森紫氣，此景，旁處還沒有呢──不料這輼輬車卻替達爺運送了一具屍體！不然，怎麼會有『炭啞已隨紫

觡束』這樣的句子呢？」

「如果說那刺客殺不了我，於是隨車而去，有何不可？」

「那麼，又何至於寫出接下來的『坐對蒼茫思碧血』呢？」鉅鹿翁得意地笑了起來：「達爺！老朽看你寫詩，也不是一天兩天了，所以同你斟字酌句，也必搜索枯腸而後，方能下一解。這，都是你用字不妄，命意不紛，不蹈襲陳言，方才有以致之啊。你忘了，老朽剛讀罷你的詩，便說：『別怪老朽多嘴！你，又殺了人了？』為甚麼說『又』呢？機關就在這『坐對蒼茫思碧血』之中。

「昔日周敬王有一賢臣萇弘，忠言極諫，不為王所用，最後還給處以刳腸破肚之刑。萇弘死了之後，四川當地的父老將他的血藏起來，三年之後，血化為碧色，此後人皆謂忠臣烈士曰：『碧血』。一個刺客的屍體，教你給藏在『送劫灰』的觡車裡，怎麼會讓你想起甚麼忠臣烈士呢？還有，這坐對又是甚麼意思呢？『坐對』可以解作『坐而對之』，也可以解作『實出因於』——由如今日法曹定人之罪，所稱『坐實』者；乃至於唐人劉禹錫的〈山行〉詩也有如此的句子：『停車坐愛楓林晚』——『坐愛』者，自然宜解成『實出因於喜愛』——是以『坐對蒼茫思碧血』所說的，正是目送紫觡車運屍而去之後心事的跌宕。

「殺了一個意圖行刺之人，怎麼這麼多感慨？原來行刺的這個人不是唯一的一人，此際面對蒼茫，而不得不思及『碧血』，原來，三年以前，你也曾經遭遇過一個刺客、也曾經殺了那刺客。讓老朽算一算：一年、兩年……三年之前，不正是老朽致仕之時，不也正是達爺您——在通衢之上踢殺一個『俯仰獨威』的外地拳師之時麼？難道，今年燒葭之日達爺在鉅鹿難得山遇見的這刺客，居然同那拳師還有瓜葛了？」

「老翰林！佩服佩服！」達六合道：「碰上了像老翰林這樣的知音，達某怎能再隱瞞情實呢？不過，作詩之人雖肯抒懷言志，卻又往往不願輕易將心事示人，是故愈刻剖，愈藏匿；聞道人說：無論藏得多麼嚴密，詩句之中，總有一二破綻，渾將心事流露。達某卻要請教：但不知老翰林是怎麼看出我這詩中的破綻來的？」

鉅鹿翁拈著鬍子、揚著眉、瞇著眼，一指桌面兒，道：「我說得渴了，討一榼醪酒喝喝。」

「這桌缸之中的糟粕，怎好款待貴客？」達六合立刻喚店夥上前，開了封罈的佳釀，給鉅鹿翁打上一壺，自己也陪坐著斟滿一海碗，也不敬、也不讓，一邊兒自啜自飲，一邊兒沉思。過了好半晌，才聽那鉅鹿翁一拍桌子，道：

「要問破綻麼——其實老朽是從末句裡看出來的。你這第七句上明明落一『蒼茫』，可末句又出一『殘芒』，蒼茫之茫在第四字，殘芒之芒在第

二字，雖說並未失黏出律，但是
『茫』、『芒』二字同音連句，
決不是甚麼神清骨秀之語。
你寫了七句好詩，怎麼偏
偏在這末句上不肯稍稍
鍛鍊一番，把『芒』字換
掉呢？可見『芒』字切關至要，不
可輕易。

「這又是為什麼呢？老朽轉念一想——哦哦是了！是了！三年以前，
都下盛傳達爺您仗著一身武功，出手疾如風雷，一招之內便踢死了一個耀
武揚威、打遍京師無敵手的拳師。那拳師，曾經到達爺這『帖爐』來挑
戰，還留了一雙草鞋在您這兒，是否？」

「正是。」

「所以這『殘芒』就一語而雙關了——初讀，它就是呼應第三句劍匣
之中有光不能隱藏的意思；謂之殘芒，當然是指三年前一擊之後，如今又
來一擊，後一擊正是前一擊的殘餘。雖說『殘』，其實也有咄咄逼人的聲
勢，多麼逼人呢？恐怕要比天上森涼的月色猶有過之罷？這是『殘芒咄咄
出寒宮』的一解，寒宮就解作『月宮』、『廣寒宮』了。

「可是這麼解，並不足以道盡達爺你非用『芒』字不可的用心。倒是
若將『芒』字看成『芒鞋』之『芒』，就十分吻合故實了——七、八兩句
所寫的根本不是當下已經藏在車中的刺客屍體，而是三年前與達爺一戰而
殞身的拳師，『殘芒咄咄出寒宮』應該看成『殘芒踱踱出寒宮』，說穿
了，就是：宮中派出一個穿草鞋的刺客來。」

「我就盡飲這一碗——至於詩麼，沒有老翰林翁的說解，也就無所謂
甚麼詩不詩的了，要註解、要刊刻，都隨您罷。」達六合果然一口氣將碗
中之酒喝乾了，才道：「不過您沒有問一聲：宮中為什麼要派出刺客來殺
我？」

「老朽當年不過是個小小的漢官，又致仕多年，當年既不能與聞大內消息，如今又焉敢打探聖上的意旨？」

「不不不！老翰林，我卻不敢如此設想。」達六合笑了笑，道：「我卻是這麼想的：老翰林身上也帶著皇家旨意，要來打聽打聽達某的老家底兒。那些個來殺我的，是我的知音；而我的知音麼，其實也是來殺我的。老翰林之所以不肯出手，祇因一事未明，是以遲遲不忍下手──您，其實還想明白明白：三年前那拳師為什麼在我牆上留下了一雙草鞋？老翰林，我說的，對不對呀？」

鉅鹿翁沉吟了片刻，隨即拊掌笑了，道：「那麼，我就更不該問那草鞋的緣故了罷？我若是問了，你當不至於隱諱，如此，老朽萬事明白，不是

就得奉命行事了麼？我，不能這麼做。」

「這又是為什麼呢？」

「問出了那雙草鞋的原委，咱倆就祇有一人能獨活——倘若你死我活，此後再無帖墟題壁可以玩賞，豈不悶煞了我也？倘若我死你活，此後達爺題壁，隨手塗圬，時顯時滅，豈不悶煞了達爺也？」

兩人相視大笑，於是訂交。此後達六合仍時時有詩，與鉅鹿翁更是常相過從，二十年後，鉅鹿翁溘然而逝，留下了一部《春醪殘墨留痕》，署名「達觀鉅鹿翁」所著。中有詠草鞋詩一首：

憑君雙不借／為訂半生交／肯負明王詔／相期忘索綯

這是整部集子的最後一首詩，也是唯一沒有箋注的一首，由於沒有箋注，可以斷定是鉅鹿翁自己寫的一首。那麼，詩究竟是甚麼意思呢？

「雙不借」就是一雙草鞋的意思。索綯，語出《詩經‧豳風‧七月》：「晝爾于茅／宵爾索綯」鄭玄注：「夜作絞索，以待時用。」作繩索，急王事，就是戮力報效朝廷或國家的意思，趙孟頫有〈題耕織圖奉懿旨撰〉：「索綯民事急／晝夜互相續」的句子，可知就是替皇室執行工作的意思。鉅鹿翁沒有執行他的任務，因為怕寂寞的緣故；達六合也沒有因為性命堪虞而先下手為強，也是因為怕寂寞的緣故。在這世上，他們除了彼此，就祇剩下一個孤獨的自己了。

參、朱祖謀^{機慎品}

參 朱祖謀

——機慎品

先看〈浣溪沙〉二首:

獨鳥衝波去意閒／瓓霞如赭水如牋／為誰無盡寫江天

並舫風絃彈月上／當窗山髻載雲還／獨經行地未荒寒

翠阜江崖夾岸迎／阻風滋味暫時生／水窗官燭淚縱橫

禪悅新耽如有會／酒悲突起總無名／長川孤月向誰明

〈烏夜啼〉一首:

春雲深宿盧壇／磬初殘／步繞松陰雙引出朱闌

吹不斷／黃一線／是桑乾／又是夕陽無語下蒼山

這三闋小詞的作者是朱祖謀。朱祖謀,浙江湖州府歸安縣人。在庚子拳匪之亂的時候,有「舉國若狂,盈廷緘默」的氣氛,當時朱祖謀官居翰林院侍講,位卑職小;既無權柄、復無言責。無論洋務、戰守之類大政,原本可以說「干卿底事?」但是抗聲折角,戮力批鱗者,還端賴君子力爭,始能鼓舞慷慨、激勵耿介,為當時瘖啞黯淡的朝廷綻露一點靈光。

朱祖謀(一八五七～一九三一年),名孝臧,字古微,號彊村。光緒九年進士,官禮部侍郎、廣東學政。與王鵬運、況周頤、鄭文焯並稱為「晚清四大詞人」。朱氏詞風近宋人吳夢窗。王國維《人間詞話》:「彊村學夢窗而情味較夢窗反勝,蓋有臨川、廬陵之高華,而濟以白石之疏越者。學人之詞,斯為極則。」陳三立(散原)則謂:「公始以能詩名,蹊徑蹈涪翁,顧自謂非所近。及交王半塘鵬運,棄而專為詞,勤探孤造,抗古邁絕,海內歸宗匠焉。」

朱氏兼工書法，馬宗霍《書林藻鑒》稱：「彊村老人以中鋒作側勢，落墨重遲而標格蒼勁。」朱氏楷法初宗顏真卿，後學褚遂良，結字變體為左高右低，生欹側之勢，風骨整嚴，自具風貌，堪稱與他的學術一致。又這結體左高右低之款，恰與其摯友、浙江超山吳昌碩篆書之左低右高，有異曲同工之妙。吳昌碩墓碑即由他書丹，可見他在當時藝苑聲名之大、地位之崇了。

庚子年五月二十一日一連三天「叫大起」，一般皆以為戰和定策在焉。其實早在四月初，內廷已經決議與洋人一戰，祇不過尚無明文發表而已。朱祖謀當時是翰林院侍講學士，從宮中得來消息，也是第一個上疏力陳拳匪妖妄，不可以倚之集事者。疏中還點撥了當朝兩大忌諱：其一是說兵力窳弱、斷不足以當列國節制之師，其二是以一國遍與八國起釁，無論眾寡、強弱、曲直各方面皆無勝理。此疏才上，軍機處堂官即爭相傳閱，都說：「翰林院中居然有這等風議」，早朝還沒有散，輦下已眾口喧騰起來。

朱祖謀的摺子遞了出去，出城卻沒回寓所，先驅車到翰林院編修林詒叔家——當時林詒叔的哥哥林詒仲是軍機章京，應該知道疏奏上達之後宮廷意旨究竟如何。所以朱祖謀之往訪，不無探聽消息之意。人剛進了門，還未曾入座，林詒叔已經匆匆迎出，咋舌歎道：「老前輩竟如此大膽，敢作此驚天動地之大文耶？」

慈禧太后看過摺子，笑了笑，說：「這是個狂生，不識時務！」倒是當時在國子監任教的曾廉一見物議沸騰，立刻上疏，奏請「斬朱祖謀以懲異議」。結果兩摺皆留中不下。看起來當時朝廷的氣氛還沒有到「外挫而內殺」的程度。

叫大起的時候，朱祖謀也在場。他個頭兒矮，人又站在後列，發言卻不讓人，語聲宏亮，中氣十足。太后聽了半天，聽不太明白他的湖州官話，祇得問道：「扯嗓子說話那誰啊？」朱祖謀立刻再報了一次：「翰林院侍講學士——臣朱祖謀。」太后居然笑了，叫稍近前些跪奏。朱祖謀依囑跪前，滔滔不絕地申言，翻來覆去祇有一個重點：董福祥的軍隊不可靠。

董福祥原先是回部之中的梟雄，左宗棠西征納降的一名叛將，迭有軍功，保升至提督。庚子年初慈禧召見，董福祥有兩句很出名的奏答：「臣沒別的能耐，祇會殺洋人！」榮祿、剛毅都很賞識他，徐桐也說：「他日能強中國者，必福祥也！」拳匪擾掠京師之

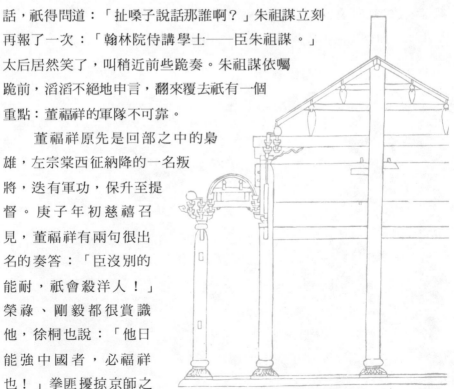

際，董的直屬部隊和義和團合流攻打使館，打了一個月還打不下來，使館守兵僅四百人，拳匪倒死了兩千多。

聯軍入京，董福祥先搶了一大票，就自向西竄入回部去了。庚子亂平之後，本來要殺他的，又擔心他在回部的勢力大，或恐會激起國內的民族對立，才發落了一個「革職留任，仍統回軍駐甘肅」。洋人不答應，才又退一步，將之軟禁在家。後來端王載漪發配新疆，董福祥猶欲有所為，三不五時就偷偷帶著一標人馬去請見，要擁立載漪自立，載漪這個時候明白他的本事不行，野心卻太大，敷衍了他一陣兒，倆笨蛋都死了。

可庚子年五月間叫大起之時，還祇有少數幾個人敢說董福祥不足以濟事的。慈禧一聽朱祖謀這麼說，火氣上來了，道：「你說董福祥不足為依靠，那麼誰可靠？你說！」

朱祖謀立刻匍匐奏道：「臣於諸將帥交際生疏，未能悉其底蘊，不敢妄行保奏，致誤國事。然如董福祥之驕暴粗疏，昭然眾目共睹，臣既有所聞見，亦實不敢緘默。軍旅事重，尚乞太后與諸王大臣熟商之，非臣有所惡於董福祥也！」

慈禧聽這話雖然不高興，可也著實震懾於朱祖謀的切直耿介，除了斥退之外，別無一言譴責。

到了第二天清早，軍機大臣入對，慈禧忽然想起來，轉問領班榮祿道：「昨兒有個翰林院的朱某人，同我辯理直是不饒；奏對之時，瞪瞪著倆眼珠子瞅著我，彷彿是十分之不滿！今日想起來，還教人不舒服呢！」

榮祿連忙奏對：「這些個小臣可萬萬不敢對太后無禮；他跟奴才說話之時，也是這個德行，奴才細細觀察，慢慢兒才知道：他那一對眼珠子有毛病，再加上畏葸矜持，眼珠子是不敢轉悠的，沒有旁的緣故。」

　　榮祿與朱祖謀其實並沒有一面之交，至於朱祖謀是不是瞪著眼珠子同榮祿說過話，其實也無可考。但是僅此一節，可以看出榮祿的為人城府極深，在「用拳主戰、扶清滅洋」甚囂塵上的當時，還能夠陰持兩端，暗撫清議，居然也就因之而保全了一位忠耿之士。

　　為什麼說榮祿並不是真心想救人呢？因為是隔不了幾日，榮祿還差一點兒陰謀設計，害死了朱祖謀。

　　就在大戰方興，使館既圍之時，人但見董福祥的部隊時有傷亡，而外國人拒守於租借區中，看上去非但沒有傷亡，而且談笑用兵、毫髮無損。這時連當初那些一力主戰的都在找機會改口，唯獨面子上還硬挺著，所謂「膽越孬、調越高」也。倒是朱祖謀，依然故我，動輒草擬一摺上奏，「請刻日停戰，保全邦交，為議和轉圜地」。

　　這一天一大早他入內遞封事，當下聽說又留了中，沒有覆旨，只好悻悻然驅車出城回家。前腳才進門，後首就聽說軍機處有傳喚問訊的片子到了。是時天色微明，朱祖謀還沒有用過早飯，便買了幾個包子在車上吃，車入西華門，遠遠看見裡頭走過來一位頂戴花翎的大臣——居然是主戰派的急先鋒剛毅，算算時間，軍機尚未散班，顯見他是先告假退直出來的，緩步陽陽，甚有得色。

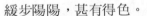

　　朱祖謀原先並不認識剛毅，如今夾道上狹路相逢，車前在署恭後迎送的蘇拉知道：這要見禮的，遂高聲喊：「剛中堂到——」

　　朱祖謀祇得摔開包子下車一揖，剛毅居然溫言婉語道：「剛

才還讀了你的摺子，指陳切當，深中機宜——停戰議和，其實真是今日不易之策，邇來老兄所奏，總能發人之所未發、見人之所不及見；佩服佩服！不過嘛——太后對摺子尚有幾句話還不是太明白，所以得召問傳詢，你老兄緩口氣兒，以理明之就成！我還有要公，得先退直；仲華、夔石、穎之、展如諸公都還在班，你去見了、說說你的看法就完事了。我這裡呢，一出門兒，就按你老兄摺子裡的話辦：先傳諭諸將，不祇使館要竭力保護，就連樊國梁（按：天主教法籍傳教士，原名 Alphonse Pierre Marie Favier）那兒，也飭令嚴密防護，不許妄動一草一木的。」

朱祖謀愣了愣，隨口問道：「但不知樊國梁何許人也？」

「大法蘭西國傳教師樊老先生，現在是西堂大主教，你老兄竟然不知道此人麼？」剛毅說這話時臉上浮現了驚詫之色。

朱祖謀實說不知，又道：「下官與此輩一向沒有往來，所以不認識。不過樊國梁既然是傳教士，便是私人在華資格，非使館邦交之類可比，應該不需要加意保護罷？」

剛毅一面朝外走、一面搖著頭說：「不然、不然！應該保護、應該竭力保護、竭力保護的才是！」

待剛毅走遠了，朱祖謀正要上車繼續吃他的包子，忽聽那蘇拉自言自語道：「不對呀！」

「怎麼了？」朱祖謀問道。

「朱大人知道剛中堂要上哪兒去麼？」這滿面狐疑的蘇拉接著道：「剛中堂在西華門外『桃邊香』飯館兒裡放著一套軍服。這幾日一出禁中，剛中堂並不回家，乃直往『桃邊香』去用飯。吃了飯，養足精神，換上軍服，便率領四百小隊上西堂去，怎麼說都是去抓樊國梁的——昨兒已經是第三天了，打到黃昏日落，說是今兒非親手殺了那洋教士不可，所以今日儘早，先退了值，就是去殺人的。這會兒——怎麼、怎麼又說

是去『保護』了呢？」

朱祖謀踏進軍機處朝房，果然如剛毅所言：榮祿、王文韶、啟秀和趙舒翹等人都在，榮祿像是早就在等他到來，起身迎道：「祖謀啊！太后似乎頗以你的摺子為滿意——祇不過停戰不能空言，使臣銜命去同洋人講和，不知該用甚麼儀注。這在歐洲各國，應該都有定例可循的。方才太后問起，咱們幾個都不熟，無以覆奏，所以請旨召你來問一問：該怎麼辦？祖謀應當是極其熟悉的了。」

這，其實並沒有甚麼深奧難詳之理。洋人於戰陣之中呼籲停火，都是舉白旗的，朱祖謀正要回稟，心頭一驚——他倏忽想起方才在西華門裡撞見剛毅時對方那異常的神色，不覺脊骨從脖梗一冷冷下了尾椎——好你個高俅巧設「白虎節堂」誘捕「豹子頭」林沖的故事啊！

原來西人籲和是豎白旗不錯，可在我朝，豎白旗實則是投降的意思。所謂的「用甚麼儀注」、「歐洲應有定例可循」「咱們幾個都不熟」、「無以覆奏，請旨召問」云云，根本是幌子，榮祿——乃至不在場的剛毅——其實都在等他朱祖謀的一句話：「舉白旗」，待此言一出，便可以深文周納，指稱他輸款洋人、勸降辱國，到彼時說推出去斬了，也就斬了。

就這麼一轉念，老書生朱祖謀大有所悟，遂答道：「我上疏之本意，乃是因為戰事拖延既久，而不能得手，敵軍連日進逼津、沽，去都門僅咫尺之遙，恐有礙慈聖頤養，這才冒昧請停戰事的。至於停戰該用甚麼儀注，生平實未學習，是以不敢妄奏！倒是總理各國事務衙門乃至於與洋人時有往來的堂司各官，不乏深諳公法的能員，何不請旨召詢一番呢？」

這話說出口，有老半天兒沒人能應聲。沒殺成這個老書生，很多人不是滋味兒，但是誰也沒有進一步構陷他的詞兒了。大夥兒一時之間都不知道該怎麼說話了。

肆 李純飈

—— 洞見品

　　蕭乾編《近現代新筆記叢書・辛亥革命》有一則
署名河南劉耀德撰文，劉夢成整理的〈中州大俠
王天縱〉，開篇即云：「『中州大俠，有
識之士』，是孫中山先生對河南綠林英
雄王天縱的讚語。」

　　王天縱，又名天同，字旭九，號
光復。洛陽伊川縣鳴皋鎮曾灣村人。清
光緒五年（一八七九年）生。據說幼年時就
跟著鎮上的武術高手孟七為師，前引的這一
則筆記說他「每日，使槍弄棒和練習射擊，有一
手百發百中的驚人絕技。天縱與師傅仗義疏財，救濟貧困，過起綠林生
活。」這一段文字裡有些個小小不言的舛誤，下文說到了再予補充。

　　孫中山先生稱許王天縱乃是因為他召集民眾，襄贊革命有功。袁世凱
當國之時，曾大肆搜捕革命黨人，這引起了王天縱的不滿，憤而辭去陸軍
中將顧問兼京畿軍警督察處副處長之職。後來投入孫中山麾下，受命任靖
國豫軍總司令、開府四川，統有兩個師的部隊，算是黨國元老。但是謂之
「大俠」、「有識之士」卻有些誇張。

　　「大俠」的部分，說的應該是孟七的師傅李純飈。李純飈兄弟二人，
哥哥李純風追隨京師「慶遠鏢局」鄧九升、鄧劍娥父女走鏢為業，勤懇忠
直，寬慈敦厚，據說走了三十年鏢，沒有傷過一條性命。李純飈就不同
了。

　　李氏兄弟是山東曹州府觀城縣人，觀城位在山東省西邊，與河北濮陽
縣毗連，此地民風質樸強悍，如果說李純風得其質樸之一隅，那麼李純飈
就必然是強悍的那一隅了。根據李予善《瑯玕閣汲古書譜・卷五百十九・

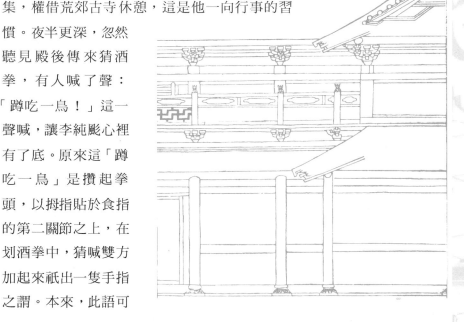

會黨三》的記載，形容他「觀城李鬍子者，綠林豪也。膂力過人，出沒青萊間，垂四十年，無人知者。」可見他幹盜匪堪稱一流——真正第一流的綠林決計不會混出顯赫的名號，這是江湖首要鐵律。

關於李純飈早年的生活，我們只能從《瑯玕閣汲古書譜》上記錄的一個小故事略知一、二。這一段故事原本用文言文寫出，對話風味十分帶勁，頗有太史公的筆意。據傳李純風出門走鑣討生活的時候，兄弟倆在觀城和濮陽縣界上分手，哥哥問弟弟說：「日後何所事？」原本這也是家常閒談，漫聲一問。未料弟弟絲毫不假思索地說：「志在綠林。」李純風聞言大驚，問：「何以出此？」李純飈道：「願與兄相終始也。」就在李純風前腳跨進「慶遠鑣局」之際，李純飈後腳跟進，幹起了盜匪。當時，李純飈祇有十一、二歲——這是從日後所發生之事的時間推算回去而得知的。

這裡先說李純飈結識孟七——也就是王天縱的「師傅」——的一段經過。有這麼一天，李純飈到登州，入夜不進市集，權借荒郊古寺休憩，這是他一向行事的習慣。夜半更深，忽然聽見殿後傳來猜酒拳，有人喊了聲：「蹲吃一鳥！」這一聲喊，讓李純飈心裡有了底。原來這「蹲吃一鳥」是攢起拳頭，以拇指貼於食指的第二關節之上，在划酒拳中，猜喊雙方加起來祇出一隻手指之謂。本來，此語可

以溯至《史記‧貨殖列傳》，「蹲吃」其實是「蹲鴟」，形容一種大芋頭的模樣。綠林人未必瞭解這「蹲鴟」的緣起，但是喊「一鳥」時喊成「掭屌」——收束生殖器官以便紮縛緊身衣靠的諧稱——喊「掭屌」就是準備換衣服出發，夜行劫掠的勾當了。一旦如此喊拳，當然是同行了。

李純颭連忙踅進後殿，果然看見八個身軀偉岸的丈夫，席地而坐，正喝著酒呢。那八個人見了李純颭，一不避、二不拒，齊舉手拱了拱，道：「來坐！」李純颭也落落大方，盤膝坐在其中一個少年郎的旁邊。其間瑣碎沒得說，總之主客都猜得出對方是同道，三巡酒下肚，互相通了姓名里籍，上座一個出身京師康家營、名喚康十八的就問起來：「近日有何營生？」李純颭居然操得一口流利的山西話，答得倒十分乾脆：「別無所適，願敬步後塵耳！」那康十八略無嫌疑，把話敞開來說了：臨淄出身的一個某部尚書正要嫁女兒，奩資豐腆，據說價值白金萬笏。那尚書本人在都下供職，家裡祇有兄妹倆，僕從也不多，十分方便下手。這批人需要李純颭的一臂之力不是沒有緣故；因為他身邊那個少年初出茅廬，還正用得上一位老成人幫襯指點——這少年，就是孟七了。

接著，群盜「派料」（分配任務），約定了分批到達臨淄的方式、聯絡暗記以及打劫輸運的流程。一夜無話，天明之後便祇有孟七還在，其餘諸人都杳不知去向了。李純颭領著孟七來到臨淄是三天以後的事了。屆時果然正如寺中所議，從容得手。祇不過在打劫過程中發生了三段小插曲。

頭一樁是孟七在掘牆洞的時候發生的。為甚麼要掘牆洞呢？北地諸寇有舊例，飛簷走壁之盜常在牆頭瓦上中伏、陷機關，所以每遇大夥行劫，總

要差人鑿牆，以備不時出入——人以為賊在高處縱躍，其實早就從牆根兒洞裡鑽出去，跑了。孟七是個聰明後生，牆洞掘得很快，夠寬綽，且外觀不易察知。李純颿溫言道：「你是個好孩子，鑿牆洞不算甚麼出息。這樣罷——待會兒你要是看我拈鬍子罵人了，三日後可以到登州破廟裡一敘。」

第二樁發生在群盜乘夜逾牆而入之際，那尚書大人的公子聽見了動靜，大叫僕婢起床捉賊，才喊了一嗓子，就教康十八親手拿下，手起一刀，眼見就要出人命，不料李純颿倏忽出手，楞是用兩根指頭夾住了那支精鋼淬練的匕首尖兒，還是一口晉腔：「咱們來一趟，圖的不是點兒銀錢財物麼？殺人做甚麼？」康十八掙扎不下，又不願在同夥面前露出受制的窘態，祇好鬆了勁兒，放過那公子。李純颿拈了拈領下的一部美髯，笑道：「眼力佳好！」

第三樁發生於絕大部分現銀已經得手之後，忽有一盜潛入尚書那姑娘閨閣內的套間，把她提拎出來，群盜豔其色，已經七手八腳地上前摭脫衣服，李純颿又上前攔阻，道：「我李鬍子縱橫江湖四十年，所以能保全首領者，就是不採花。諸公請聽我言：鬧到這步田地，可以了；否則刀頭染血，別說我不顧念香火恩義了。」說著時，又刻意地拈了幾下鬍鬚。

群盜先前已經見識了他指夾匕首的絕技，此際更不敢聲張造次，將所摭掠的粧奩就地朋分之後，一鬨而散，各走西東。這也是北地盜匪的行事風格，大夥齊集行搶，行前聚義信守，日夜痛飲狂歌，事畢星散，再會恐怕要到一年、兩年以後了。散時孟七還跟著康十八，三天之後，這小子果然隻身來到登州的那座破廟，從此成為李純颿的弟子，依照《瑯环閣汲古書譜》的說法，孟七跟著李純颿學藝的時間有三年之久：

「純颿精雙刀，不輕示人，傾其術以授孟七，三年畢其藝。」由這一段簡略的敘述可知：日後王天縱在四川夔州府練兵，親自下校場教導兩個

師的部隊勤習「雙刀陣」，人皆嗤笑其花拳繡腿、不務實，可是他當年率領所部、發動反復辟之役、攻打小辮子張勳公館的時候，可就是仗著兩片大刀，真所謂：「單刀看手，雙刀看走，不消刀碰刀，方為刀中首。」其氣魄膽力，顧一世之雄哉。張勳竄入荷蘭大使館避難時，還不住地使喚那駐衛警：「斃了那個舞大刀的！斃了那個舞大刀的！」可惜人家荷蘭兵聽不懂他的江西話。

從這裡就可以插敘一段王天縱隨孟七學藝的經過。《近現代新筆記叢書·辛亥革命》的〈中州大俠王天縱〉如此寫道：「（王天縱）幼年即崇拜遊俠武風，在鎮上拜武術高手孟七為師。每日，使槍弄棒和練習射擊，有一手百發百中的驚人絕技。」事實上，孟七不可能教王天縱射擊。孟七自己不會放洋槍，他唯一開過的一槍居然打穿自己的左掌。

王天縱的射擊術是他在十八歲上，到鳴皋鎮陸合總局當局勇之後苦練出來的。居然練成了一名神槍手。後來四出覓訪，看上了何必山的地理，聚眾拉桿，說是行俠仗義，劫富濟貧，其實還就是盜匪。宣統二年，他聽說東瀛有神州英雄結社，有糧有餉，遂東渡日本，與同盟會員開始有了接觸，才知道那是一群呫呫書空的留學生。在當時，他一心祇渴望能變天，還曾經跟一位同盟會的成員董捷先說：「殺皇帝最是要緊的，古來的絕大事業，哪一樁不是從殺皇帝幹起？」

武昌起義後，他率領以原本聚義之眾為骨幹的一支部隊打洛陽，因為

消息走漏，祇好率領了七折八扣之下、不到一千之數的人馬，加入了張鈁的東征軍。張鈁看在「手邊有人」的份兒上，委任王天縱做先鋒官，這是個送死的差事。可張鈁也沒料到：王天縱就憑著他的兩把手槍，身先士卒，突破函谷關天險，一路從靈寶、澠池打到南陽。從此人再也不能瞧他不起。然而，遇到了崇隆場面，非凡人物，王天縱總能低聲下氣，周旋委蛇，不肯居人之先；與張鈁已經算是平起平坐了，也再三再四地推辭他那新到頭的外號：「中州大俠」。因之他與張鈁逐漸發展出一種堪稱莫逆的情感。彼此信任之深，遠逾手足。在這一點上，他倒是很有點兒乃師祖李純颷的遠見。

李純颷那一次搶嫁妝得手之後，分得了近千兩銀子，就此洗手。他隨即買田宅、事農桑，看光景要翻臉變成一個好人了。《瑯玕閣汲古書譜》說他教孟七武藝，一教教了三年，這個部分還是有問題。三年是個成數，寫書為文之人信筆塗鴉，一定沒有考查：實則李純颷和孟七相聚的日子最多一年，孟七就回河南去了——否則他來不及碰上王天縱。另一個證據就得說到那一回打劫的後話。

臨淄當地的知縣聞報：尚書爺老家遭匪劫掠一空，奩資盡失，當然得傾全力搜捕。可轉瞬之間一年過去了，莫說現銀無影無蹤，就連該有變賣典當出路的珠寶首飾也無任何下落。這是當時案發所在的採證出了紕漏：根據那公子、閨女和一班僕婢的記憶所及，一個說山西話的，其餘幾個都是直隸口音。是以儘管偵騎四出，都沒料到：近在咫尺的山東曹州府就藏著一個呢。

有人給縣太爺出了個餿主意：也是出身曹州府荷澤的倆捕快——由於史不傳其名，咱們就借用《水滸傳》裡押送豹子頭林沖的衙役董超、薛霸這兩個名字罷——好事者說董超、薛霸號稱名捕，雖然已經退休養老了，可人還在臨淄落戶，而且二人

精神矍鑠，應該幫得上忙。

這是搞商山四皓、老人政治；政治可以如此，抓賊就難說了。老董超和老薛霸硬著頭皮受命，心中暗自叫苦。縣太爺不祇讓座折腰，重金禮聘，還一人發付了五十兩銀子；直說這是前金，等人犯捉拿到案，還有後謝——看光景，一人少說還有五十兩。但是麻煩在後頭：限期一月破案。

董超、薛霸出得衙門，相互一合計，董超道：「後謝那五十兩是不能要了。」薛霸道：「你看得倒鬆快，依我說，是死期到了呢！」董超、薛霸接著齊聲說道：「三十六計——走為上策啊！」

馬老識途，人老慌路，二老拽著銀子，一步一步瞎走，無意間也祇能往曹州府跑。這一天來到觀城，正是大熱的天兒，暑氣蒸溽，酷日逼侵，眼見路邊有株大柳樹，有個長髯翁正拎著壺酒，在樹蔭下獨酌。董超、薛霸上前揖了揖，也就樹蔭底下席地而坐，那長髯翁非但讓了座，還給斟了酒，隨口問訊往來去留，倆老捕快俱將前情說了。「那麼賊捉得到麼？」長髯翁問。

「叫我二老去向哪兒捉去？」董超道。

「那麼二位意欲何為呢？」

「不過是逃死罷了！」薛霸道。

長髯翁掀髯而笑，道：「那盜匪不是別人，正是在下。今日既然相逢共飲，便是友朋，怎敢因案害公等白髮投荒呢？不過我幹下我這樁買賣，家人實不知情，還請二公不要聲張，驚動了鄰里。」於是李純颷帶著倆捕快回家告辭，順便遣徒兒孟七「走一趟洛陽」，孟七就是在這個時刻離開李純颷的，而且他從此再也沒有回過觀城。算一算，二人朝夕相處，不過一年的辰光。

至於跟家人告別的說詞，李純颷像是早就預備下了：「這二位臨淄來的朋友邀我去遊歷遊歷，看一筆生意，能有個百把兩銀的利頭。我快則兼旬、慢則一月，去去就回。」這穿窬越貨屬於重罪，尤其是太歲頭上動土，搶進了尚書爺的老宅，李純颷怎麼有把握「去去就回」呢？

可果不其然：尚書家的公子和閨女在大堂上一眼就認出了這蓄長髯的「恩公」，居然雙雙落跪，淚眼婆婆地向縣太爺請命求饒。那年頭兒的縣太爺吃不吃權貴子女請託的這一套呢？你看咱們這年頭兒就知道了。

《清朝野史大觀‧清人述異‧卷下》裡有一則〈李鬍子〉，也記載了這李純颷的事跡：「是時女公子已出閣，適歸母家，恍惚憶群盜入室時保全其節者為李鬍子，告知公子，公子亦憶被執時一長者呵止群盜，得免於死。急謁宰述其事，屬勿加刑。宰亦高其義，第按名捕八人者駢戮於市，而李得釋，公子感其保全之德，厚贈以歸焉。」

這段話大體得其實，祇有一點：李純颷其實並沒有出賣同夥盜匪，那八個人也沒有因為這個案子而明正典刑，這是說故事的人想給人一點兒懲惡揚善的教訓

所施展的手法。咱們妄言姑聽就是了。但是李純彪還真賺到了錢，那公子要謝救命之恩，封贈了「白金十笏」。一笏十兩的條塊，十笏整一百兩。李純彪出門之前果然沒有吹牛。

混江湖要有遠見，玩兒政治當然更是如此。根據王天縱的口述回憶：當年教他一定要在鳴皋鎮陸合總局學打洋槍的就是孟七，而且孟七逼著他一定要練打雙槍——就像李純彪教導的雙刀一樣。為甚麼要成雙呢？沒人知道。王天縱祇說：他他因為練習右手射擊已經神準異常，懶得練雙槍了，孟七一把將槍搶下來，朝自己的左掌心擊發了一槍：「不練？那就廢了它罷！」孟七這一槍轟出了徒弟日後的功名，可謂慘烈已極。我個人的淺見是他不知道槍擊成傷的厲害程度。

至於王天縱，他的遠見又是甚麼呢？

讓我們回到蕭乾編的《近現代新筆記叢書‧辛亥革命》〈中州大俠王天縱〉：「張勳復辟，天縱氣憤異常。曾對張鈁說：『我當了十九年山大王，就為的是打滿清，參加辛亥革命也是要推翻滿清』，張大辮子逆天行事，不打他打誰？」

怎樣說這話有遠見的味道？我認為王天縱一定早就看出來：中國人一旦祛五千年帝制，骨子裡要幹掉的還不過就是非我族類之人——這話即便到了今天還是政治場上的金科玉律。

伍 黃八子
——俠智品

　　這一天深夜，江蘇海門縣城北一片絲舖出了劫案。有不知何方而來的獨行大盜在一夜之間偷去了五百多兩銀子的貨款，報案的上衙門裡稟控之時天還沒亮，聽問的是刑房書吏的一個學生親戚——那書吏虧空了漕銀，被臬司大人查了出來。臬司大人發落得還算輕：教把虧空的銀錢照數繳還，如此人還可以復職，祇不過得暫時押在縣衙的地牢裡——由於是替手聽控，問得特別仔細。

　　絲舖掌櫃的原本是個精明人，凡事小心仔細，這一回遭劫時並不慌張，也把案發當下諸般細節供了個歷歷如繪，這廂說得清，那廂錄得明，連損失貨銀的數額，都到了幾錢幾分的詳細。唯獨一點：那打劫之人的身法、手法實在太快，沒有一個人看清楚他的身形長相。報案問錄已畢，絲舖掌櫃的回家去了，這刑名學習也回頭補眠，卻沒料到他才倒頭就枕，梁上就跳下來一個人來，這人翻箱倒篋一陣兒，找著了不知甚麼東西，就著朦朦亮的天光，恣意觀覽一陣，閱畢隨即放回原處，這人卻趁著黎明昏色，逕自往城北去了。

　　天亮之後過了幾個洋鐘點，時已近午，衙門口兒來了個精壯漢子，自稱犯了事，前來投案。問稱甚麼案，立刻答道：「城北絲舖劫案。」

　　對於投案之人，律例不綑不銬，問錄時待遇比報案的還優厚，還看座位，俗稱「教席」。這人大步趑趄登「教席」坐定，把夜來發生之事說了一遍。原來同夥搶劫那絲舖的一共是兩個人，一人入室行劫，一人牆外把風，俗稱插旗的便是。之前在〈李純颷〉一文中，介紹過鑿牆洞的買賣，此處插旗的，就得鑿牆洞。插旗的先同行劫的一塊兒翻牆入院，約定鑿牆洞的位

置，行劫的便去了，鑿牆洞的鑿他的牆洞，也不閒著；鑿穿了，人便在牆外守候。得手那人總會將贓銀贓物先從洞中遞出，再鑽身出牆，與那插旗的前往一處早就看好的所在，分了贓，各奔西東。

可這一回非比尋常：行劫的劫了絲舖，按約定把銀子塞出洞去，自己一縱身跳上牆頭，四下一打量：怪哉！他那同夥兒上哪兒去了？其間不過一眨眼的光景，怎麼人就不見了？銀子當然也不見了。這賊在牆頭上蹲了蹲，才想起自己這是撞上了窩裡反、黑吃黑。

刑名學習問他：「那麼你叫甚麼名字呢？」

「小人姓黃，叫八子。」

「黃八子！你來投案，循例不會虧待，可是有人無贓，案子連發審都不成，我祇有暫時將你押起來，等原贓追獲，或者是共犯落網，才能請大老爺升堂發落呢！」

「這一套我明白。」黃八子氣定神閒地說。

從這一天起，黃八子便成了海門縣衙地牢裡的貴客了——由於案子未審，此人看來又十分練達結棍，不是甚麼好得罪的，重獄卒便索性將他與那刑名師爺給囚在一間房裡了。

日子稍久，黃八子自然而然交上了師爺這個朋友，也知道了他虧空漕銀究竟是怎麼一回事。

原來舊時為人幹胥吏的，總得有一本送往迎來的帳，隨時調節出入，交際上下。這本帳偶有失衡，就得立刻填挪補貼，搬運周旋，否則幾個月之內再碰上幾次不能不應付、卻又應付不來的大開銷——從皇上萬壽到知府巡遊，都是要花錢的。

這刑房書吏姓劉，叫劉仰嵩，河南人——人很會算計；就是太會算了，縣衙裡一干用度，原歸錢穀書吏執掌，劉仰嵩也經常過問，是以諸事都井井有條，按部就班。這樣也有麻煩，那就是臨

時支應調度，經常有捉襟見肘之苦。

這一回說虧空，其實不祇是書吏一個人的事，而是按察使大人在大半年前四處巡按，在本縣停留的時間出奇地長，這是個百把兩銀子的小破洞，拿漕銀墊上就沒事了。直到漕銀上繳不足數，原來這挖東牆、補西牆的事不只他一個人在做——大老爺和錢穀書吏也一樣做得，問起來，祇有劉仰嵩認帳，說：「是我挪用的！」既然是你認的，那就都歸了你罷。

「你到底兒虧空了多少銀子？」黃八子問道。

「帳頭四百五十兩！」劉仰嵩嘆了口氣兒，道：「我不吃不喝也得好幾年才還得上；如今把我給押進『書房』裡來，雖說偶爾還能在這兒看看公事。於東家來說，畢竟是極其不便的。趕明年我要還是籌不出錢來，可不祇是得因在此處，恐怕連館職也保不住了。」

「四百多兩不是甚麼難事。」黃八子說：「我為先生辦妥了就是。」

劉仰嵩沒說：「你也因在這兒呢！如何『為我辦妥』來？」反倒直覺以為黃八子口出此言，並非一般泛泛的應承。因此連忙答稱：「果爾如此，劉某必有以報公！」

從此二人交情益深，蹤跡越密，劉仰嵩家來送牢飯，都攤開來邀黃八子一起吃。黃八子也不客氣，你敢邀，我就敢吃，真成了劉仰嵩的自家人了。這一天，送進「書房」來的晚餐有一味羊腿，黃八子吃著大為讚賞，問劉仰嵩道：「這羊腿是家裡自做的、還是市肆之中買得著的？」

劉仰嵩道：「這是買的。」

黃八子又追問：「甚麼地方買得到？」

「自凡是熟食舖子，都買得著的。黃兄吃得順口，明日我叫家人多多準備就可以了，眼下市集門封，去了也做不成交易。」

「我自餓了取食，該給的錢還是要給，可未必要同旁人一道趕集罷？」說著但聽豁浪浪、豁浪浪，傾菱空籠之聲大作，待獄卒聽不下去跑了來，牢門兒上的鐵鎖全散在地上，人呢？

劉仰嵩是明白人，隨即囑咐那獄卒不必聲張：「此人去去就來的！」

黃八子果然是去去就來，來時扛著兩隻全腿，一隻給了獄卒分食，一隻捧在手中持刀細細片了，一片兒一片兒地和劉仰嵩分吃起來。

「可你來去如何這般神速？」劉仰嵩神情大是不解。

黃八子彎腰將褲管一提，露出貼在兩條脛骨前頭的神行符來：「全仗神行符之功，算不得真本事。」

「這就不對了！」劉仰嵩一邊兒吃著片肉，一邊兒笑道：「你若有這等神通廣大的神行符，城北絲舖的那趟買賣，怎麼還讓你的同夥吃了黑呢？」

黃八子聞言一愣，沉吟了半晌，才道：「我今與君深交，才敢對君實言。城北絲舖那生意，不是我幹的。」

這又是怎麼回事呢？

原來黃八子本是北地豪俠，流落江湖之後就沒有甚麼本籍在地的計較，飄盪隨遇，不幾年前就加入了太湖盜匪大夥，號稱「太湖紅」。「太湖紅」一群十八人，某日往劫一富室，明火執杖，破門而入，捱房搜劫財帛。適逢事主有個女兒，年甫十五、六歲，一聽說強盜來了，驚駭戰慄，不敢逃逸。這「太湖紅」的夥首一見垂涎，就霸王硬上弓了。

黃八子聞知發生了這種事，上前要攔阻，生米已經嗑成爛飯。黃八子頓足大罵：「幹下這等不義之事，必遭誅戮！你這是要連累大夥嗎？」那夥首還嘻皮笑臉地從屋裡回嘴相譏，黃八子怒道：「貪淫必敗，天道昭

彰，這是咱大夥結義之時的幫規，你既然忘了，我就再給你提個醒兒！」說完，黃八子掉頭就走了。

「這就是我為甚麼一夜奔出三百里路來、認下城北絲舖這樁小案子的緣故。」黃八子道：「這些日子我每日進出鄰縣富商巨室之家，已經探得『桃源』，必有蠅頭之獲，可以為先生解急。此外，還有一事要緊：絲舖中失竊那日拂曉，我曾前去南牆下鑿一穴，三日之後，便有銀兩在彼處，恰恰符於失竊之數，就在穴前一尺之地，下掘五寸可得，這就是絲舖失竊的贓銀了。但請先生出了『書房』之後，為我致意絲舖掌櫃：請他見贓即領，不必深究。我祇須在大堂上翻供說前錄供狀係出貪贓不確，其實絲舖的案子是我一人所為，這就結了。」

三日之後，劉仰嵩家人來告：內室床前几上冒出來四百多兩銀子，可以上繳完帳，劉仰嵩即刻便能出獄了。劉仰嵩當然不能不信守黃八子的託付，隨即到城北絲舖南牆根兒裡起贓，其數正與失銀吻合，雖然並非原鏹——可誰會在意呢？

此後祇有三樁小事可說：「太湖紅」一夥十七人全數落網，夥眾供出黃八子來，可是黃八子已經揹上了海門這邊的小案子，人贓俱在。既然就是這一個人犯，怎麼可能一夜之間同在三百里外幹下兩起案子呢？「太湖紅」大夥顯係「仇攀」，不予採信。此其一。海門城北絲舖之案照自首例減一等，黃八子仍須服刑，且就近有美味的羊腿可吃，真是得其所哉。此其二。說到了羊腿，就還有一樁小事可提：日後黃八子刑滿出獄，劉仰嵩算了算，發現床頭几上的銀子比四百五十兩多了幾兩，恰恰是招待黃八子吃了幾個月羊腿的餬資。此其三。

陸、雙刀張 巧慧品

陸 雙刀張

——巧慧品

少林宗法，以洪家拳為剛，而孔家拳為柔，居於兩者之間的，乃是俞家拳；從潁水流域——也就是河南登封縣嵩山西南，一路往東南流到安徽鳳陽一帶，偶有傳其術者。其中較知名的都是幹明路買賣的，所謂賣藝、走鑣、護院等行，因為身在明處，容易得罪於暗處，有不少非關本行的恩怨是非，積累經年，也常是情非得已之事。

由於兼採剛柔相濟之術，俞派特別擅長一種身法，那就是左右兩手各使一路相同的兵刃，但是兩下裡技巧施為全然不同，接敵之時叫人捉摸不定，甚是難防。到了明代，還有有雙槍楊氏、雙鞭呼延氏、雙鎚岳氏、雙鉤竇氏和雙刀張氏流衍，但大多都祇是傳聞，外家之不入其門者，絕難窺其密術。

清朝乾嘉年間，安徽鳳陽府宿縣有個張興德，就是練俞家拳的。根據地方志的記載，這鑣師出身的張興德頗有俠名，外號人稱「雙刀張」。地方志還提到：「里嘗被火，有友人在火中不得出，張躍而入，直上危樓，挾其人自窗騰出，火燎其鬢髮皆盡，臥月餘始癒。」

另外一椿頗為人所稱道的事就是天馬山屠狼的一節——相傳天馬山多狼，人無如之何者，還傷了好幾條獵戶的性命。可此山古來即是南北交通孔道，困於獸，實在說不過去；報官叩請捕拏，官裡也不是不捕，而是捕狼的差官們比狼還不好對付。這一日張興德經過山口，聽說鬧狼害，當下

不走了，著皮匠連夜打了兩塊厚可寸許的肩墊，趁天色將明未明之際出門，單人徒步，隻手倒持著一根削成兩尺有餘，三尺不足的短槍向山而行。人問：「張師傅怎不帶雙刀去？」張興德道：「雙刀是伺候人的，狼不過是狗樣的東西，怎值當得？」是日殺三狼而返，一連三日，山中各溪澗溝壑之中陳狼屍者九，皆健碩肥大者，從此天馬山狼跡遂絕。鄉人察看九匹狼的死狀，都是一槍貫入腹中，洞穿而過，手法乾淨俐落，因問張興德：何由致之？

張興德說：「狼是個狡性的野物，知道人手中有鐵器，乃不輕易現跡。總是暗暗跟隨彼人，到了窮山惡水之地，才略示蹤影。幾經周旋，這狼會刻意找一株幹身高大的老木，匍匐其上。

「須知人稱『狼顧』者，即是那狼雖伏身向樹，卻能旋頸回眸，翻轉無礙；竅門便在於此：一旦牠『狼顧』起來，便是在看彼人如何出手了。此際若是尋常沉不住氣的獵戶，定然挺起矛叉刀槍，或劈或刺，可是無論出手如何迅速，都不能及得上那狼的矯捷，兵刃一旦落定，入木何止三分？此際那狼早已一個筋斗從樹幹上凌空躍至彼人身後，前爪搭肩，遂往後頸上下口，此時彼人已萬無一分生理也。」

張興德的法子很簡單，一路入山無話，待那狼現身匍匐於樹之後，才假意以短槍另一頭的「鐏子」刺之，狼反顧不得其實，以為槍尖已經埋沒於樹身，當下翻落張興德的背後，雙爪才攀定，底下張興德的一桿短槍已自順勢送進牠的肚腹之內了。

　　天馬山除狼害，為張興德奠定了不知是福是禍的聲名。本鄉本里的子弟之豔其技者，多方關說，求入門下學藝。張興德也說得很清楚：「我身上這點兒本事，本不打算傾囊而授，是以恁誰也學不全；貴子弟胡亂練幾手防身健體之用，反而耽誤了一副好資質，不去訪名師、求妙道，出神入化，豈不惜哉？」可越是這樣說，人越是欽敬他誠信不欺，也顧不得甚麼名師妙道了。張興德未盡授其技，居然讓他獲得了更大的聲譽。

　　在他的門人之中，有個叫鄧純孝的，人極方正忠厚，也慷慨豪邁。某日過鳳陽府城，在客棧裡認識了一個少年，姓湯，叫碧梧。鄧、湯倆人一見如故，談笑甚相得。翌日鄧歸宿縣，不意在道途間又遇著了湯某，二人各乘一騾，並轡馳驅，可以說的話就更多了。

　　不知如何，有那麼一個話題是從騾口身上講起的。湯碧梧原本聽說：張興德另外還有一則故事。相傳是近十年之前了，張興德隻身走保一鑣，護送一顆徑可七、八寸的夜明珠自廣東昌化北上至京，與貨主見了面，再連人帶珠保出關外。這一趟行腳單程不下萬里，張興德始終沒有一句說勞道苦的話。完事之後，那貨主厚加賞賜的不提，還外帶送了他一頭健騾，說是此騾留在那人身邊，不過是推推磨、載載糧而已，可是「豪騾一入英雄跨／赤兔猶慚百尺沙」；寶劍贈烈士，乃不負天生尤物。張興德得了這騾，甚是歡喜，字之曰「萬里」，以紀念那一趟迢遞之行。而湯碧梧所說的這一則風聞確乎不假：鄧純孝跨下之物，正是這頭「萬里」。

　　湯碧梧遂道：「尊師能將此物付爾，可見器重之深了——小弟流落江湖，久聞尊師大名，亟欲拜在門下學藝，但不知能否賣緣一見？」鄧純孝

聞言大喜，道：「你我萍水相逢，已然如此投契，若能同門切磋，豈不甚好？」於是一回到宿縣，就替湯碧梧引見，張興德還是那番老話：「我身上這點兒本事，本不打算傾囊而授，是以恁誰也學不全；你胡亂練幾手防身健體之用，反而耽誤了一副好資質，不去訪名師、求妙道，出神入化，豈不惜哉？」湯碧梧聞言一跪，道：「師傅不傳，弟子不起，也就無所謂資質好壞了。」張興德深深望了他一眼，嘆口氣，搖搖頭，一抬手，讓他起來，算是收了。

這一心習武的少年湯碧梧就學極勤，事師甚敬，於同學亦非常和洽，從不挾技欺人，惹是生非，可就一樣兒：他這人偏偏討不了張興德的歡心。平日同學請益於張，張總還願意指點一、二。唯獨湯有甚麼疑難問詢，張若非支吾以對，就是相應不理。對於張之落寞相待，湯似略無介意，還不時張羅些酒食伺候師傅、師兄們。張似乎也不怎麼在意，偶爾心情好了，略一舉箸即停杯，也是敷衍的意思居多。

看在鄧純孝的眼裡，卻很不是滋味；終於有一日忍禁不住，同師傅頂撞上了：「師傅待人一向公平持正，何以對碧梧如此冷淡、不近人情呢？」張興德的答覆很簡短：「喔！」

忽一日，湯與鄧談到了技擊，湯問道：「早就聞聽人說：俞派以羅漢拳為最精到，是這樣嗎？」鄧答道：「天下拳法歸少林，少林剛柔在俞宗，俞宗奧秘都在咱們師傅的身上，可他老人家就是不肯傳齊全了。」湯接著問：「這又是為什麼呢？」鄧歎道：「師傅說了：一路拳本來就有一路拳的

窒礙艱難，謂之『關節』，要打通『關節』，非兼收他者之長不可；要兼收他者之長，非唯於己不能求一個『純』字，於拳法便也只能落於勝人一籌之下乘，此『關節』之精微所在。不可忽也！」

湯立即接道：「如果我只問一招一式呢？」鄧狐疑道：「敢問是哪一招、哪一式，有如此精要艱難嗎？」湯道：「羅漢拳第八解第十一手，作何形式？我一直悟不明白。師傅忒嚴厲，我不敢亂問，煩請師兄代問一聲，可否？」「這不難，我這就替你問去——」「不！」湯道：「師傅多疑，師兄無端問了，反而要窮究嚴詰不止；不如等後天師傅過生日，趁他老人家微醺之際再問，就說：外頭有人議論，這羅漢拳第八解第十一手已經失傳，是不是真失傳了？若未失傳，師傅一定會說的，師兄仔細聽了便是。」

鄧純孝依著湯碧梧的吩咐做了，果不其然，張興德酒酣耳熱的當兒，一時興起，便將羅漢拳第八解第十一式且說且演了一回，傳給了鄧純孝。不消說，當天夜裡，做師哥的比著葫蘆畫瓢，依樣再傳授給小師弟。湯碧梧再三稱謝，不煩細表。

次日晨起，湯碧梧頓失形影。眾家師兄弟遍尋不著，稟明了師傅。張興德聞言頓足大嘆：「果然！果然！我沒有看錯啊！——快快快——去至廄裡瞧一眼，『萬里』還在不在？」不看還好，一看更急壞了老師傅：「萬里」也沒了。張興德回過神來，即對鄧純孝說了句重話：「你再糊塗，也不該替匪類盜取本門武功啊！」鄧純孝一個勁兒地謝罪，祇說：「實實不知情故！實實不知情故！」但聽得師傅頹然說道：「我早就懷疑此人用心不正，必有邪謀。本來想慢慢兒察看，究竟有甚麼機詐，不料還是被這鼠輩先覺一著——此人必然是先為綿拳孔氏的傳人所困，又偵知此技唯俞家羅漢拳足

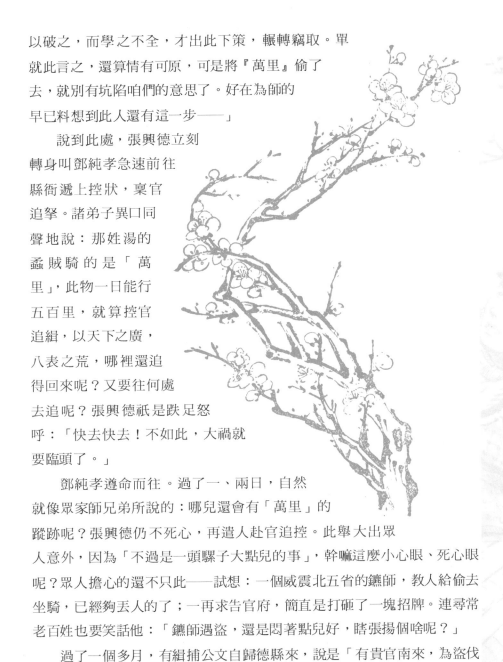

以破之，而學之不全，才出此下策，輾轉竊取。單
就此言之，還算情有可原，可是將『萬里』偷了
去，就別有坑陷咱們的意思了。好在為師的
早已料想到此人還有這一步——」

　　說到此處，張興德立刻
轉身叫鄧純孝急速前往
縣衙遞上控狀，稟官
追拏。諸弟子異口同
聲地說：那姓湯的
孟賊騎的是「萬
里」，此物一日能行
五百里，就算控官
追緝，以天下之廣，
八表之荒，哪裡還追
得回來呢？又要往何處
去追呢？張興德祇是跌足怒
呼：「快去快去！不如此，大禍就
要臨頭了。」

　　鄧純孝遵命而往。過了一、兩日，自然
就像眾家師兄弟所說的：哪兒還會有「萬里」的
蹤跡呢？張興德仍不死心，再遣人赴官追控。此舉大出眾
人意外，因為「不過是一頭騾子大點兒的事」，幹嘛這麼小心眼、死心眼
呢？眾人擔心的還不只此——試想：一個威震北五省的鑣師，教人給偷去
坐騎，已經夠丟人的了；一再求告官府，簡直是打砸了一塊招牌。連尋常
老百姓也要笑話他：「鑣師遇盜，還是悶著點兒好，瞎張揚個啥呢？」

　　過了一個多月，有緝捕公文自歸德縣來，說是「有貴官南來，為盜伐
於野，盡劫貴重物品以去，唯遺其騾。騾身有烙印，有識之者謂張某之物

……」云云。可幸虢縣衙裡早就有張興德失驃報捕的控狀，這就是憑據了，張興德於是才倖免於一場牢獄之災。

張興德牽回「萬里」，大擺筵席，召集鄉人作別，道：「張某人行走江湖二十年，未嘗失手，如今乃敗於豎子，誓必得之；否則，我也是不會回來的了！」言罷跨驃而去。

這位老鑣師既然行走江湖二十年，故好交遊之中，泰半都是各地的豪傑人物，黑白兩道、三教九流，自不乏消息靈通者。過了一年多，查出了點眉目：那「湯碧梧」是個化名，此人原來叫「畢五」，是嵩山一帶的大盜，祇不知老巢本寨究竟置於何處。好容易從山裡人打聽出他原先還有幾處暫棲之所，當年春天裡已經盡數焚燬、群聚之人也一哄而散了。

張興德失之交臂，益感忿忿。可當初離家之時，曾經發下重誓，要是就這麼罷休，「雙刀張」的字號豈不要永世蒙羞了嗎？於是隱姓埋名，溷跡市井，所從事的不外是屠沽丐販而已，數年之間，就算是親戚故舊也認不出他這個人的音容形貌來了。

話分兩頭。且說張興德有個老生子，名喚頤武。當張興德出外尋仇之際，張頤武還十分年幼。經常向母親哭鬧著要父親。到了十四歲上，忽然有一天從塾裡逃學出走，祇在書案上留下了訣別信一封，內容同他老子臨

行時的語氣一模一樣：「誓必得父親之下落蹤跡，否則，我也是不會回來的了！」

這一對父子先後出走，真正受牽累痛苦的當然是為人妻母的。她央請丈夫當年那些個徒弟四處打探，卻一點兒朕兆也不可得。鄧純孝倒是時常來照顧奉養，安慰她：「頤武雖然年事輕，可師傅那身功夫卻早就在他身上紮了底的，吃不了甚麼虧。再者，這麼些年來，『雙刀張』三字的名號仍舊響亮，倘若有甚麼尷尬動靜，頤武祇消表一表師傅的大名，沒有闖不了的州府。」這番安慰的話算是讓他師娘安了心，可誰也沒料到：一晃眼，又是十年過去了。漸漸地，宿縣方圓百十里地的人恐怕都把「雙刀張」這一對父子給忘得沒了影兒了。

忽一日，有軍官數人鮮衣怒馬，直入村中，個個兒手持鞭箠，挨家挨戶地打門，問：「雙刀張」家究竟在甚麼地方？這麼聲動四鄰，沒多大一會兒工夫，就都找上了「張家師娘」。

來人一見師娘的面，俱行了參見大禮。為首之人出示了一封手札，竟是張頤武的親筆——此子如今已然官拜三品，任職海州參將了，送信回鄉，就是為了專程迎迓母親的。

原來張頤武出走數年，遍訪其父，不得半點音信，結果也走上「明路買賣」一途，成了個跑江湖賣拳腳活兒的藝師。與其他賣藝者不同的是：在他的場子邊兒上，總豎著一方草標，上書「賣藝尋親」大字。這麼一亮相還挺管用，有些時偏就有人上前殷勤探問，知道些捕風捉影的消息，果然也拼湊得出那張興德的行腳下落。有說在南陽見過他的，張頤武就往南陽奔；有說又向西去的，張頤武後腳便隨著追出陝、甘兩省。

某日，他來到寧夏某邑售技，忽聽得耳邊有人怒聲喝道：「總爺到了！肅——敬——迴——避——！」來人正是總兵官。張頤武不及走避，正驚疑間，但見總兵官來在近前，立馬上熟視良久，徐徐笑道：「別怕！我看你年紀輕輕的，功夫卻不惡；祇是還有些不地道。來來來！容我為你小老弟指點一、二。」當下指點起來還不夠，總兵官索性就把張頤武帶回營裡去了。

過了幾日，張頤武思父情切，俱將離家闖蕩的一番情由向總兵官懇切稟報，意思就是不想再切磋甚麼武藝了，還是要四出走尋父親的便是。總兵官笑道：「這有何難？你就在此地多住上十日，本官非但保你父子相見，還能保你父子逮住當年那個孟賊，你意下如何呢？」張頤武聽這話很玄，可人家畢竟是個方面大員，不至於同他這麼個小百姓打誆語，遂將信將疑地留了下來。

過了幾天，總兵官派遣標下一名守備對張頤武道：「總兵官有意將她的女兒許配給你，你意下如何呢？張頤武道：「小子出

外尋父，多年而不得；母親又在千里之
外，未曾請命，怎麼能成婚呢？」
守備道：「你堂堂一個男兒漢，怎
麼迂腐到這般地步？老實對你說了
罷：尊翁就在此間，但是非得讓你同
意了這門親事，他老人家才肯見你
呢！」張頤武多少年未能見父親一面，

想想他老人家沉潛無蹤，藏匿既久，或許性情變得古怪了，亦未可知。雖
說是萬般無奈，也祇得答應了這門親事。

　　總兵官的千金是個敦厚溫順的女人，於武藝也稍知一、二，說是經父
親親自調教過的，洞房花燭之夕，小夫妻倆談起了武學，還頗能相得，轉
眼間已過了四更時分。說巧不是巧：成親次日，正逢著總兵官在校場舉行
大閱盛典，就在天快亮的時候，總兵官召張頤武出洞房，入營房，付予另
一套總兵官的全副兜鍪鎧甲，還給了他一個錦囊，讓他佩掛在胸前，並囑
咐道：「今日例行大閱，我不能不出去校試行伍；但是料想必有異人來
劫。不過那人倘若一見是你，一定會嚇得驚走逸逃；而你呢，千萬不要放
他走遁，須趕忙將這錦囊中的書信給了他，切切勿忘、勿誤！一旦誤了，
你就見不著令尊了！」說完這話，立時又召喚了四個心腹將士，分別御一
馬，將總兵官和張頤武團團圍在當央，隨即揚鞭出發了。

　　此刻天色仍未明亮，六匹馬、六條身形，在模模糊糊的晨霧之中緩緩
前進，略有伸手不辨五指之勢。猛可間風聲颯颯，迷霧之中但見一巨鵰也
似的黑影凌空而下，直撲眉睫，這時前後左右四匹馬上的人不由得大驚狂
呼，而張頤武已經在這轉瞬之際倏忽落馬，也就在這落馬的片刻，他當即
發現：將他拽下馬來的那人湊近前祇一瞥他的臉，就鬆開了手。這人究竟
是敵？是友？還是甚麼要緊的人？──於是張頤武趕緊大叫：「別走、別
走！我是替總兵官給你送信的！」

　　那人果然停下身，回手拿去錦囊，拆開囊中信札，一面讀、一面躊躇

著。原先那四名總兵官的貼身心腹卻在此時齊聲大喊道：

「張公子不認識令尊翁了嗎？」

張頤武哪裡還能分辨？先下手將那人緊緊抱住，當下便是一場嚎啕痛哭。說時遲、那時快，總兵官這時也馳馬回奔，來到跟前，一個滾鞍落地，居然就跪伏在塵埃之中，昂聲衝那凌空而下的黑影喊道：「畢五給『雙刀張』老前輩請罪了！」

張興德凝眸遠望，失神佇立了好半晌，才一手攙起了兒子，一手攙起了畢五，道：「你、你、你真真好神算哪！我這老匹夫，嘻！不意又墜於你的手中一回。完了！還有甚麼可說的呢？」

「雙刀張」間關千里，自苦為極，只為抱一欺智之仇；結果，他沒能報了仇，他的仇家卻報了恩——這個故事的結局是：

（張興德）父子並轡歸，總兵（當然就是那畢五了）隆禮以待，新人（當然就是那畢五的女兒了）亦出拜見。尋署頤武百夫長。無幾，回部叛亂，即使張父子往討平之；總兵盡歸功於頤武，並為運動於部，得海州參將。總兵以囊所學猶有未至者，亟叩張請益，張掀髯笑曰：「老夫十數年來再敗於君，君之智，至矣！區區之勇，尚欲得之以擅雙絕耶？老夫今無因靳此——天乎？人乎？」乃悉授之。

柒 張天寶

——運會品

　　科考縮減了文化內容，但是科考本身卻是有文化可說的。現在舉行大規模的升學考試，都說不同於以往的八股取士——甚至我們的孩子還經常可以在教材裡讀到譴責科考戕害士子精力和思想的內容，這種內容，要是不把它背下來，可能還會考不好。你說奇怪不奇怪？

　　說書人的本家張天寶是浙江紹興人，從小修習儒業，有個生員的身分，可生員不是白賴的，每年都得接受府裡、縣裡乃至於省派學政來到地方上所舉行的許多考試，稱之為小考。小考考得好，理屬應當，這表示讀書人盡了點本分；考得不好，就不應該了——天生萬物以養儒，儒無一業可報天，再不讀好書，怎麼對得起國家？——依照這個思維，小考不及格，生員還要挨板子。張天寶常挨板子，是俗稱「鐵板屁股」的那種人。這種人不是不讀書，也不是好嬉戲，就是不會考試。

　　小考不售，大考更是休想；每次入闈，腦子裡就一片米糊，半點墨汁兒不剩，如此老在家鄉等著考後挨打也不是辦法，於是想辦法到北地裡跟著些同鄉前輩幹「小師爺」。小師爺，顧名思義，就是師爺的徒弟。通常師爺混大了，自己不大管技術實務，有帳要算、有稿要擬，都祇動口不動手了。那麼誰來動手呢？就是師爺身邊的學徒。開店的叫「小利把」，跑腿的叫「小跟包」，幕賓高人一等，從學業伊始便稱師、稱爺。

　　由於張天寶出身紹興，幹師爺似乎是胎裡

帶的本事，小師爺幹了沒兩年，就因為性情平和、善隨人意而獨當一面，應了聘。之後在陝西、河南、甘肅等所謂「三輔之地」輾轉「遊幕」，十分忙碌活躍，也頗為牧令所喜。每月所得修金除了寄回家去孝敬雙親之外，還有餘錢積存，納粟捐了個監生的資格。三年一大比，舉行鄉試，這張天寶因為有監生證照，具備了考試的資格，是以一有機會就向東家請休假，到京師入北闈赴試──其實總考不終局，就完卷出場，之後的日子裡，無論是看戲賭錢，也無論是秦樓楚館，總之不過是觀光，窺奇好豔而已。說他沉迷此道就不對了，畢竟嫖賭是要花錢的；錢不夠，三年來湊趣一回，不至於蝕本傷心罷了。

乾隆三十八年戊子，張天寶的東家丟了官，他也就不得不辭館。想起曾經有舊日主東在都下候選，曾經給他寫過信，信上說得很實在：有「一旦得銓，諸事仰仗」之語，這話就是邀約入幕做賓了。於是不及知會便逕赴京師去尋，到了地頭上才知道：人家早一步得銓一職，到廣東上任去了。張天寶祇得滯留於京，等待機會──弄不好，這可是要餓飯的。

這一年逢著「大比」，最便宜的居住之地就是各個容留北地諸省來京赴試的會館了。可是會館早就被前來應試的考生佔滿，更不許停留閒人。要找尋常住房，則房價騰貴，力有不逮，幾乎搞得存身無所。幸虧前些年遇上的東家以山西人居多，他可以說得一口流利的太原話，發現有山西人經營、專門照應山西老鄉士子的會館還有空房，於是假冒自己也是來考試的，才算是勉強得以棲身。

才住下不多時，忽而又有來看房的。這一標人鮮衣怒馬，風光大為不同，凡有空房，全都包了下來，這一間看過，當上房。那一間看過，當下

房。有專用的書齋、專用的客廳，包廚包廁，可以說是一應俱全。每說一間屋作何用處，當下就有小廝動手打點，等前面走著、看著的三五人數落既畢，後首跟著的已經將一間一間的房舍佈置得井井有條、陳設煥然。又過不多時，來了個少年，看他馬騰車湧，僕從如雲，不消說，是要趕考的貴公子到了。第二天，這貴公子還拿著名束到各屋拜會同鄉，這時張天寶才知道：來人是太原當地首富王家的少爺，叫王福康。不消說，膏粱子弟論起文墨來，還不一定及得上這「鐵板屁股」小師爺呢，不過，人家可真是來北闈一試身手的。拜完了客，還上他那書齋唸書去，張天寶一聽，口音的確是太原不假，可就聽不出他吱吱呀呀唸的是哪一部四書五經——因為沒有幾個唸得對的字句。

倒是王福康的幾個扈從（咱們就喚他們李四、王五、徐六罷），同張天寶交上了朋友。原因很簡單，人家三缺一，而會館裡住的都是士子，要不就是伺候士子而寸步不能離的書童家丁，誰也沒有工夫陪這幾個人「打馬吊」，能湊得上腳，也打得像樣的，除了張天寶也沒別人了。這些人問起出身來，張天寶就謊稱自己也是來考試的，祇不過盤纏快要用罄，就館暫住、等候親友前來接濟——要是接濟不上，恐怕連入闈應考的伙食都張羅不起。這樣的應對之語，祇有頂尖油滑的師爺才編得出——試想：能成天價陪人打牌，要不是心緒不佳、無心讀書，有哪個憂心功名的士子能做得到？再者，正因為「盤纏快要用罄」，打牌之資，恐怕還是得讓李四、王五和徐六醵貸周轉。三兩日打下來，張天寶非但不窘迫了，囊中居然還有閒錢，又可以找間半掩門的土娼寮消消暑氣。

到了八月初，忽然有個戴著頂寬沿兒笠帽的路客來訪王福康，還把李

四、王五、徐六等人都叫進房去密談了半天，談罷，路客扭頭就走，形跡十分神祕。過後不久，李、王、徐忽然跑到張天寶的屋裡來，李四劈頭就問：「閣下今番應考，是個貢生的資格？還是監生的資格？」張天寶答曰：「是監生。」王五接著道：「這些年偽冒訛託的不少，你是真監生？還是假監生？」張天寶立刻理直氣壯地答道：「有憑有照，怎麼假得了？」徐六又應聲道：「看你鎮日同我們打馬吊，並不讀書，怎麼一個考法兒呢？——我看你這監生的憑照，終還是假的！」

張天寶有些沾帶著心虛地不高興起來，當下開啟箱籠，拿出憑證給看了，那李四才道：「是真憑照，真是讀書人哪！」王五也跟著道：「讀書人能打那麼一手好牌，可見一理通、理理通。」徐六最後接著說：「有眼不識泰山，冒犯冒犯！張公子大人大量，恕罪恕罪！」刻張天寶不是不心虛，他畢竟不能因為要證明自己是真監生，就得真入場考一回，於是一邊將憑照收回箱籠裡，一邊補了幾句：「我親戚再不前來接濟，我這回怕還是不能進場的。」

此言一出，三個牌搭子忽而一齊道：「張公子不必多慮！」李四道：「就算不能進場，咱們也還可以到處縱覽遊觀，解解幽悶哪！」王五道：「我輩相好，喝酒食肉、賞戲看花，豈能不與張公子共呢？」徐六隨即道：「城西有寡婦一名，可以清心退火；咱們說去就去了不？」

　　張天寶可是滿心歡喜，但是嘴上不能說出來。誰知李、王、徐三人似乎也樂得陪他尋歡訪豔，可以說縱酒肆博，沉湎花叢，樂而忘返。直混到八月七日深夜，三人才對張天寶說：「我等天亮就要送公子入場了，得回館舍去了。」張天寶道：「貴東人初次應試，恐怕有不熟悉的地方，我也陪著去走一遭，說不得還能指點一二小事。」

　　這是個關節，張天寶陪那王福康入闈，不過是八月八日一早的個把時辰，不意在試院與人摩肩擦踵之際，還遇上了幾個常考試——也總考不取的舊識，打過招呼，人問：「又來考了？」他怎好說是來幫貴价公子提箱籠的呢？只好唯唯以對，不到半日完差，李、王、徐又卯足了勁兒陪張天寶繼續流連在花街柳巷，這就不必細述了。

　　發榜那天夜裡，由王福康在館中作東，約為通宵之飲，以俟報捷者。捷報傳來，王福康居然中了；更不可思議的是：張天寶居然也中了。

　　到底是怎麼回事？這就說到放槍了。

　　話說這一天夜裡，忽然間會館裡外識與不識的人多了起來，各色衣著光鮮耀眼的報錄邀賞之人絡繹不絕，潮湧而入，先搶進來一波兒高聲賀：主人中了！主人中了！王福康當然大為高興，但是沒有人看出來：其實早在設宴歡飲之際，王福康臉上就流露出志在必得之色。外人倒是沒有多想，總以為世家子弟好排場，夜夜笙歌，歡飲達旦，自然熱鬧高興。

　　張天寶心忖：人家中了，自己的舒泰日子也快過完了，感傷不過徒然，還是伏案大嚼，擎杯劇飲來得痛快。直過天亮猶未已，到了午後，有一大群人喧譁而入，連看門的也擋不住，一路闖進杯盤狼藉的酒筵之上，才有人指著張天寶道：「您不是新科的舉人張天寶麼？到處有人找您，您居然在這兒呢！」

　　張天寶睜著一對又濁又凸的大眼珠兒，說：「你們說甚麼？我、我、我不明白啊！」這廂李、王、徐三人連忙攛掇了，對報錄的說：「新貴人醉了，別惹惱了他！要多少報錄錢，都由我們這兒發付，人人都有、人人都有！莫要爭執、莫要爭執。」眾人才出門，張天寶這廂趁著酒意又拍起桌子來，道：「怪哉！怪哉！真怪哉也！怎麼會有這般咄咄怪事？」

　　王福康這一下忽然急躁起來，搶忙驅散了剩餘的客人，李、王、徐三人才閉戶扃窗低聲告訴他：「你的確是中了！」

　　「可我根本沒入場，是怎麼中的呢？」

　　李四道：「咱家主人花了幾千兩銀子，訂得某貢生入場，預備在場中代主人作幾篇文章，這叫『槍替』，或者『槍代』──」

　　王五道：「沒料到這貢生日前來告：他的父親得急病死了，這是丁外

艱，按律士子根本不能考的——就算要進場做『槍』，當然也不能以本名、本籍入闈。」

　　徐六接著道：「於是咱們仨就想起你閣下來，何不將你引入妓院，作銷魂遊？另外借取了你箱籠裡的憑照，好讓槍手頂閣下之名入場，如此才好助我家少主東完遂科名大願。可那槍手學養兼優，心地也實在，見題落筆，不能自休，順便連自己那一本文章也正兒八經作完——你，就是這麼考上的。」

　　這樣，算不算富貴逼人？

捌、史茗楣 奇報品

捌 史茗楣
——奇報品

　　袁枚，字子才，號簡齋，平生以詩文結絡各方俊傑，形成一個十分壯觀的社交圈，在這個社交圈裡，有個人叫史茗楣。這史先生本來是袁簡齋的幕友，精通錢穀不說，還寫得一手好字。由於詩酒唱和的聚會上總少不了他，不到十年之間，令譽滿八閩，凡福州、興化、建寧、延平、汀州、邵武、泉州、漳州等八地的地方民政、財政長官，無不禮敬尊重。

　　即令這史茗楣已經從袁簡齋的幕中退下，各地州縣主動送上酬金、前來殷殷問訊、請代箸籌的地方官長仍舊絡繹於途。也由於他本人慷慨好施，經常濟貧拔塞，所幫助的人常常受其惠而成功立業，這種人脈上的經營就不是一時一地問候示好、拉手抱拳者所能比擬的了。史茗楣於是也成了閩中一個望重四方的人物，不亞於地方官吏。

　　等史茗楣老了之後，仍然是「座上客常滿／樽中酒不空」的場面。每日大灶開飯，葷素齊備，菜餚精潔，連瓜果茶水一律陳設整齊，來吃白食的人祇覺自身是客，絕非等閒不入流的遊民，往往備受禮遇之後，一出門，反而感慨起自己居然欺罔了那樣一位以國士待我的善人，慚愧之心忽生，居然不好意思再來叨擾了。

　　但是在史老先生而言，並不是沒有遺憾。他半生為幕賓，一世做善人，直到不惑之年才取了妻室，年過耳順才為兒子結了親家，又過了好幾年，而媳婦的肚皮始終沒動靜。史茗楣心裡著急，就怕伸腿瞪眼之際，還看不到孫子出世。

　　有一日，門上來了個人物，年約四十，一身布袍草屨，頗有幾分仙風道骨的神采，來到門上就直說要求見「史老夫子」，司閽問其緣故，這人說：二十年前曾蒙

一飯之恩，今天是來報恩
的。那司闇的笑了，
道：「您老莫說
是來吃一頓飯
就要報恩，就
是來吃上一年
的飯，也沒有
甚麼可以報的
——東側院兒往
裡直走，您老過了
花廳聞見飯香，順著
味兒去得了。」

那長袍客搖頭道：「不不不！尊价誤會了，我是來替史老夫子完願
的，煩請通報一聲，就說少奶奶有孕了，我來驗看驗看。」史家門上這些
個送往迎來的僕役都是伶俐又溫順的人，一聽這樣出言無狀，卻不惱火，
祇道家主人盡日招待些奇人異士，這種人談笑進退，似乎不討人厭怪、就
危危然不足以顯名立身。既然這般吐屬，最好的應對方式就是視若無睹；
原話如何，就此通報而已。

史茗楣聽到這話，趕緊差人到兒子、兒媳房裡問去，結果連他兒子都
不知道老婆懷了孕，倒是那做兒媳的為之一驚——月信遲了些日子，其餘
並無異狀，祇自己覺得略有些意思，卻還不敢聲張，怎地卻讓個外人知道
了這底細？

在咱們說書的今日，這般咄咄可怪之事一定會起人疑猜，說這兒媳婦
不老實；可兩、三百年之前的當時，眾人卻覺得來者神通廣大，應該是個
有道術的人物。是以史茗楣親迎到中堂，推請上座。來人遲遲不肯入座，
祇請搬張板凳來放在下首的一張椅子旁邊，坐定之後，第一句話就是：
「快請少奶奶來，我給勘一勘脈象。若有可為者，也得快一些了，否則誤

了時辰，未必能夠奏功呢？」

「敢問這位大夫：怕誤了甚麼時辰哪？」史茗楣和聲問道。

「史老夫子不是一直想抱孫子麼？」長袍客笑道：「今番少奶奶有孕，倘若能一舉弄璋，固自可賀；倘若得的是千金，豈不又要巴望個一年有餘？史老夫子年紀大了，雖說精神矍鑠、體魄康強，是壽者之徵，但是有願未了，最是折生減命，史老夫子可明白小人這話的意思？」

「種草而字之曰宜男，乃由人說道；種胎能否得男，殆由天定奪。老朽一門上下就算能前知這孩兒是男是女，人力不可回天，又當如何呢？」

這長袍客道：「所以我說要快！史老夫子難道沒聽說過『偷天換日』一語麼？天日猶可偷換，還有甚麼數定之事不可改易呢？」

也是史茗楣望孫心切，當下叫出兒媳婦來就下手那椅子坐了，長袍客給搭上個腕枕，繞腕繫了一圈紅絲繩兒，他則拈起左手拇、食二指，牽著紅絲繩兒的這一端，聽任脈動抖擻，不過是幾吐息的辰光，便搖了搖頭，道：「脈主得女，這是天定。不過老夫子一生積善，應有回天之德，請容小人放肆，為史老夫子煉一藥，可使這腹中胎兒，轉女為男——這也是小人為報平生知己於萬一，所可略盡棉薄者。」

史茗楣道：「請問大夫：這藥，要怎麼煉呢？」

長袍客嘆了口氣，一撩袍角，道：「老夫子快別叫我大夫了，小人雖說沒甚麼能耐志氣，可還不至於淪落到作個醫生。不過小人飄東泊西，衝州撞府，有個諢號——老夫子就叫我『袍子』罷！」

「貴客、貴客就是名滿兩廣雲貴的『袍道士』？」史茗楣訝然離座，趨步向前，道：

「聽說『袍道士』所過之處，地無旱潦，天無寒暑，能驅山魈水鬼木精石怪，都說這是活菩薩在世，怎麼會來到這八閩之地呢？」

袍道士一笑，道：「我便是閩中之人哪！當年還是個生員，想要從功名場中搏一出身，可是窮蹇困頓，幾至於凍餒而死，幸虧得著老夫子垂憐，賞了小人一碗飯吃。之後，又在府上溷跡數日，才將養過來。

「一日逢著老夫子垂問，小人說要考功名，老夫子說：看你骨相單薄，在官場上還是要受人欺負、未必能掙出一頭地；何不訪求名師，學那辟穀導引之術，說不定還能有仙緣，成就了異術。小人聽了老夫子的話，才出尊府就撞上個道士，居然正是棲霞山上碧下元真人，我隨真人苦修二十載，臨下山時，真人授我一門奇術，叫我到遇見真人的所在去償一份恩情。

「我來到此地，彷彿認得舊宅門，也記得舊事，卻想不起該如何償恩情，轉臉看門前，居然有桑樹枝從天而降，枝上遍附蓬草，其勢疾如箭矢，在尊府門坊上繞走三匝，之後長鳴一聲，竟然當下向天地四方散去，空留一霎電光，其形狀恍似雪花片兒的一般。

「這我就不由得想起來：當年我還唸著儒書、想著舉業的時候，偏偏讀過幾行文字、中有『國君生世子……射人以桑弧蓬矢六，射天地四方。』的句子。這是生男的徵候，可我看那桑弧蓬矢之顯像，若有似無，隨即觀看方位、觀算時刻，才知正是彼時，尊府少奶奶孕中原胎化形，落得個成女不成男。老夫子要抱孫子，就得再等一年了。

「不過小人臨下山前所習之術，恰是以藥移換元神，易女為男，但不知老夫子可願一試吾術否？在老夫子，不試亦無妨，就多等一年；所可慮者，不過是明年少奶奶未必有身，即便有身，又未必是男丁罷了。」

史茗楣想了一想，道：「那就試一試罷！想當年我談吐冒昧，任意指撥你袍道士的前途，其實又何嘗顧慮了你日後學道路上的艱辛苦楚呢？你今日來償恩情，我何嘗不該把這當成是一份業報呢？就請袍道士一試身手罷！」

「祇這藥有個機關——因為陽莖不能憑空而生，需以一肢改造，得男亦必缺一肢，但不知老夫子以為如何？」

史茗楣聞聽如此，卻自言自語道：「斷了一肢，就是殘廢，未能成就一全人，如何是好？難道不能斷一隻腳趾移花接木麼？」

袍道士道：「不行的！這套法術，上可以移下，而下不可以移上，倘若真要移末肢細端以鑄陽莖，也不是不可以，那麼日後陽莖會小一些——這倒不是太要緊的，但凡有了，能湊附著用，其實大小不算甚麼。不過，小人倒是可以將左右手各借一隻小指為用，庶幾尺寸不會差得太多。」

再三籌度之下，終於訂出這個計畫。剩下的，在史茗楣後人的家傳資料之中並無詳細載錄。可見如何煉藥畢竟還是那袍道士的專業，不可隨意洩漏。我們祇能從有限的幾個句子裡看到：「遂設爐煉藥，佩服兼行。及期，果產男孩，手僅八指，見客靦腆，宛若閨閣中人。及長，羞齒（澀）更甚。有欲驗其指者，大啼而藏匿，為同仁所噱。」

玖 荊道士
——憨福品

　　湖南有個秀才姓荊，叫荊茅，字貢苞，書讀得沒甚麼出息，教幾個蒙童為業；人稱老師，自己也覺得慚愧。久而久之，更不大敢說話，非要開口不可，必定引經據典，以示不出於一己之見。人給個外號，叫他「古人」。

　　那是嘉靖年間，川楚大旱，赤地千里。本縣父母想盡辦法找水打井、祈天降霖，而涓滴不獲。不得已張貼了告示，廣招能祈雨者，自凡是誰能求下雨來，都有百兩銀子的封賞。一向官有求於民事者，皆無此例，這一下鄰里喧騰，老少譁然。荊茅聽說這事，回到家中同老婆談起，自嘆沒有本事，道：「這也是個名利兩全之道——可惜呀可惜！我呢，是『出門如見大賓』；縣父母呢，是『使民如承大祭』（《論語·顏淵第十二》），有一百兩銀子，卻沒那要的本事，唉！『歸與！歸與！吾黨小子狂簡，斐然成章，不知所以裁之！（《論語·公冶長第五》）』我還是給蒙童們改文章去罷！」

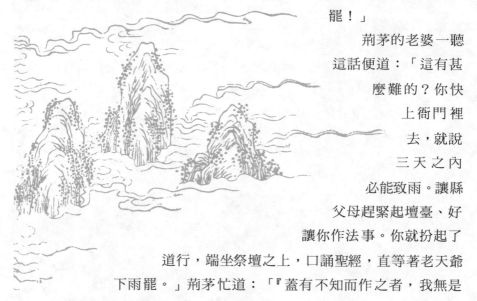

　　荊茅的老婆一聽這話便道：「這有甚麼難的？你快上衙門裡去，就說三天之內必能致雨。讓縣父母趕緊起壇臺、好讓你作法事。你就扮起了道行，端坐祭壇之上，口誦聖經，直等著老天爺下雨罷。」荊茅忙道：「『蓋有不知而作之者，我無是

也！」（《論語‧述而第七》）況且天道難知，『吾誰欺？欺天乎？』（《論語‧子罕第九》）」

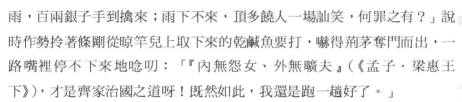

荊茅的老婆立刻道：「你就祇管去，別說那麼多。到時候真下了雨，百兩銀子手到擒來；雨下不來，頂多饒人一場訕笑，何罪之有？」說時作勢拎著條剛從晾竿兒上取下來的乾鹹魚要打，嚇得荊茅奪門而出，一路嘴裡停不下來地唸叨：「『內無怨女、外無曠夫』（《孟子‧梁惠王下》），才是齊家治國之道呀！既然如此，我還是跑一趟好了。」

荊茅這「古人」的名號一向響亮，縣父母也耳聞已久，知道他是個老實人，當不致作耍、騙取公家的賞銀。於是聽其所欲而為，立刻築土架木，搭了個壇坫。工事做了兩天，到第三天一大早，荊茅才登壇之乎者也地一吆喝，大雨滂沱而下，一整縣城非但足敷所需，縣屬田地也得以均霑膏潤。這一功，立得可不小。縣太爺可不食言，雨還沒停，就賞了一百兩紋銀，還許諾：待雨停之後僱請吹鼓班子高抬大打地送返居處。

雨停之後，縣太爺私下跟荊茅打商量：「下著這一陣兒雨呢，我才想起來：一百兩銀子擱在家裡不安穩。如今誰都知曉是你祈的雨、是你得的銀，萬一有宵小強徒前來逞兇打劫，你非但未蒙其利，倒還先受其害了。你說是罷？」

荊茅一想：縣父母說的是有道理。連忙道：「『君子病無能焉，不病人之不己知也。』（《孟子‧衛靈公第十五》）小民手無縛雞之力，看是保全不了這百兩銀子的家產了！」

縣太爺倒是體己，忙道：「我卻有個主意：不如將這百兩銀暫寄我處，日後有用度，自來衙中請領便是。」

荊茅立刻高高興興地接了腔：「『賜之牆也及肩，窺見家室之好；夫子之牆數仞，不得其門而入，不見宗廟之美，百官之富。得其門者或寡矣！』（《論語‧子張第十九》）」

　　空手回到家，荊茅的老婆一絲不覺意外，卻說：「卻沒打著讓你真捧回銀子來——時候還沒到呢。」

　　過了幾天，縣太爺卻親自到荊茅家來了，非但捧了先前差一點兒叫他吞沒的一百兩銀子，還另外補送了成疋成疋的綾羅綢緞，言詞甚恭，為的還是祈雨。原來這一度大旱，一省裡都沒轍了，巡撫聽說了本縣得雨的緣故，特地派人來邀約荊茅上省城去禱祭一番。荊茅一聽這話，連脊椎骨都化了，一個坐不住，從椅子上跌下來，指著空空的椅子哭喪著臉說：「『不在其位，不謀其政。』（《論語・泰伯第八》）我、我、我——」

　　話還沒說出口，他老婆已經跪地頂禮，算是領了命，嘴裡還不住地說：「謝大人成全！謝大人成全！」

　　縣父母一出門，荊茅便拉過他老婆來要打，教他老婆給瞪縮了手，不覺悻悻怏怏地道：「『詩云：雨我公田，遂及我私。惟助為有公田。』（《孟子・滕文公上》）這可是多麼大的事啊？小子何德何能？居然能上省城去賣弄？我可拿甚麼去賣弄啊？」

　　「你自己沒有本事，怨我則甚？」荊茅的老婆也嗆聲答道：「我也沒甚麼奇能異術——」說著，伸手裡指了指竿兒上那條鹹魚乾，道：「廚下這條鹹魚掛了三年，但凡遇上要下雨，前兩、三天這魚就滲水，從來都是如此的。前回貼告示那天，我看魚乾滲了水，才讓你去的。今回你祇消帶著這魚乾上省城去，掛在臥榻之處。見了大府，就跟他叨唸那一套你成天在家叨唸的甚麼陰陽五行、春秋禮樂；總之，是一點兒一點兒搗飭著起造壇臺、備用法器。回房看魚乾不滲水，就挑剔挑剔陳設器用不全，此句改一回、下句改一回，遷延時日而已。等哪天魚乾出了水，你便趕緊登壇誦經。到得頭來，老天爺沒有不下雨的——這，不是無往而不利麼？」

別的法子沒有，祇能硬著頭皮這麼幹了。不料一到省垣，才安頓好下處，把魚朝床頂上一掛，居然灑下兩滴水來。荊茅定睛一看，鹹魚乾可不是出水了麼？於是急忙謁見巡撫，說旱象不解是樁大事，不必在接待禮儀上作文章了，索性立刻施工，著即作法，無論如何先讓雨下下來再說。巡撫當然樂意，當下請來匠作，連夜興築壇臺。這一回沒甚麼好挑剔的了，早起作法、到傍晚時分就大雨如注了。荊茅又得了重酬而回，這就不必細論了。

妙的是故事說不完。巡撫是當朝權相嚴嵩的門下，也是同一流機巧萬端、善於貪緣附勢、以取功利之徒。這巡撫知道嘉靖皇帝好道術，便密遣使者向嚴嵩道明究竟，讓嚴嵩具箋傳令，把荊茅招進京師，獻給天子。如此一來，生意作得更大了——荊茅想了想，自言自語道：「日月逝矣，歲不我與！諾，吾將仕矣！（《論語‧陽貨第十七》）」不過這一回出門，於公於私，都不得不把老婆也帶在身邊兒了。

嘉靖皇帝果然在不久之後便召見了荊茅，開口無它事，直問：「你的道術，究竟是個甚麼來歷？」荊茅當然知道自己沒有道術，可對於說道談理，卻頗有把握，於是不假思索，把個皇帝當作了村塾裡的蒙童，搖起頭、吟起經書來：「『天命之謂性，率性之謂道，修道之謂教。』（《中庸‧第一章》）所以人說：『知』了甚麼，要說『知道、知道』，可見知在道中。一旦至誠無私，便謂之明。是以『自誠明，謂之性；自明誠，謂之教。誠則明矣，明則誠矣。』（《中庸‧第二十一章》）所以人說：『知道』了甚麼，要說『明白、明白』，可見誠即是明、明即是誠。草民凡事至誠，『至誠之道，可以前知。』『善，必先知之，不

善，必先知之；故至誠如神。』（《中庸‧第二十四章》）說的就是這個道理。」

　　嘉靖君一聽這話，回頭跟嚴嵩說：「怎麼來了個老儒呀？」嚴嵩也覺著尷尬，正想著該如何申辯、以致於如何從這老儒生的陳腐八股裡脫身，不料皇帝又道：「此人與尋常道士語言全然不同，絕非泛泛方士，不可以怠慢失禮。」

　　當天退朝，荊茅就封了金馬門待詔，又因為祈雨靈驗，遷欽天監卿，這就經常能接近皇帝了。都下人知道他能稱上意，頗負眷寵，無不爭著巴結交往，這裡頭的油水不一而足，時時湧至，過不了幾個月，荊茅連自己究竟有多少身家都算不清了。忽然有一天，大內闈傳遺失了一枚傳國玉璽，此璽一共九枚，分別有不同的大小和用處，皇上追求甚急，正準備傳荊茅入宮推求原委呢，然而時已近暮，左右有勸說翌日再理的，皇上看天色實在晚了，祇好聽勸。

　　這一天到了下半夜，門上忽然來了訪客，開門一看，是個貼身侍候皇上的小太監，捧著黃金綾羅來見荊茅，請求他於推求玉璽之際網開一面——原來這小太監一時貪愛玉璽精巧，居然私自竊回下處玩賞，久之，卻沒有機會歸還。待皇上想起來要用這一顆玉璽了，卻找不著了。

荊茅聽小太監詳述經過，便道：
「『非其道，則一簞食不可受於人；如
其道，則舜受堯之天下。』（《孟
子·滕文公下》）你今夜送
禮來，而今夜你還是個
賊，我若是收了
你的餽贈，不
也成了賊
麼？你今夜
回宮去，且
將玉璽埋在藏
寶之地東牆角積
灰深處，我明日
自有說。」小太
監堅持要將餽贈
之物留下，荊茅
的腦子還是迂，
轉不過來，道：

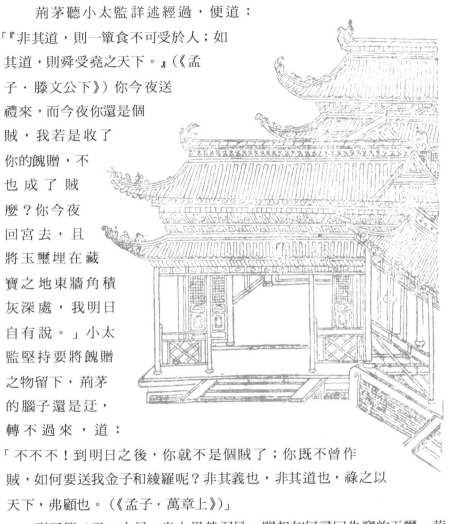

「不不不！到明日之後，你就不是個賊了；你既不曾作
賊，如何要送我金子和綾羅呢？非其義也，非其道也，祿之以
天下，弗顧也。（《孟子·萬章上》）」

到了第二天一大早，皇上果然召見，問起如何尋回失竊的玉璽。荊
茅遂奏道：「周諺有之：匹夫無罪，懷璧其罪。（《左傳·桓公十年》）酒
知原是匹夫偷去玉璽也。而宮中並無匹夫，則無人懷璧矣。既無人懷璧，
又何罪之有乎？且夫玉璽者，唯聖上一人而已，懷之者無所施，焉用盜？
子曰：『邦無道，則可卷而懷之。』（《論語·衛靈公第十五》）是有卷而
懷之者，乃為無道之邦；而有道之邦，則無卷而懷之者。陛下以今日之天

下為有道耶？為無道耶？」

嘉靖皇帝一愣，道：「我豈無道之君乎？」

「然也。」荊茅接著搖頭晃腦地說：「君非無道，則天下治矣；天下治，則豈有卷而懷之者耶？玉璽實未曾失竊，乃是小臣誤失於塵土之中，但往東壁之下積塵盈寸之處尋之即得也。」

皇上派人去尋，果然找著了，少不得又下詔，給了絕大賞賜；雖然官不加秩，另封「國師」之號。這，就叫人過意不去了。這過意不去的人姓海名瑞，字剛鋒，瓊山人氏。此人一向耿介忠直，能抗言極諫，官戶部主事。當初嚴嵩援引荊茅入京，海瑞便以異類視之。見他祈雨靈驗，抒解了農桑之困，也算功在蒼生，一時便放鬆了對他的查察。

不料此日金殿之上一來一往的對話，卻讓海瑞大啟疑竇：一個為學不純的方士，自凡道術靈光，畢竟還有實用；可一個開口閉口曲解經籍古典的小臣，就不得不令大臣覺得既可鄙、又擔心了。試想：荊茅這看似還十分靈光的算計萬一哪一天用在正派大臣的身上，且以聖眷正隆，寵信有加，斯人若欲樹朋黨、興大獄，再同嚴嵩黨羽蝟集蠹叢，成為一大勢力，顯見絕非朝堂之福。此念一定，海瑞立刻上奏，參了這荊茅一本。其中有這麼幾

句：「此人本無學術，肆其狂妄，曲解聖教，其妖言惑眾，蠱媚聖聰者，實屬禍端，罪不容誅……」

皇上看到這裡，忍不住說了話：「方士之中，惟此人術業靈驗，且言談近儒，專以誠明立說；卿家不也是讀書人麼？怎麼倒容不下一個學貫儒說的道士呢？」

嘉靖這番話並非泛泛之言，他見慣了朝堂之上藉由各種冠冕堂皇之論來傾軋異己的說辭，直覺海瑞就是看不得旁人親近聖躬，索性也用這誅心之論駁斥回去。海瑞可是早有腹案備稿，立時應聲奏道：「誠明之說，正小臣之所以行其詐也。乞請皇上藏物於匣中，當臣之面召問之，果爾能說出匣中之物為何，直指明確，臣方敢以『至誠前知』許之。否則，請置奸邪於欺君之罪論處。」

皇上其實是相信荊茅能夠應付的，隨即命太監取來寶匣，中藏一物，召荊茅上殿，問匣中之物究竟。荊茅哪裡能知道呢？惶恐匍匐，戰慄觳觫，歎道：「荊茅死矣！」

由於四品之官達奏，距離御座較遠，皇上聽得不真切，問道：「他說甚麼？」偏在此際，那個當初偷去玉璽的太監當下回奏道：「國師說的是『金貓』。」

皇上聞言大樂，開了寶匣，取出一個玩意兒來，朝海瑞扔了過去，海瑞低眼一看，也傻了——此物以純金打造，鑄成臥貓之形，是皇帝用的紙鎮。這一下沒話說，海瑞叩首謝罪而退。一代清官，栽了個糊塗跟頭。

荊茅回到居處，把這驚險萬狀的經過也跟妻子說了，這妻子微微一笑，道：「你不過是個酸儒窮生，一旦位至四品，積貲鉅萬，還求甚麼出息？若再不知足，鹹魚乾身上果能自出水乎？不趁早稱病退隱，回家過平淡日子去？非等到大禍臨身而不悟嗎？」

荊茅一聽這話，長揖及地，連聲

道：「是是是！『夫人不言，言必有中！夫人不言，言必有中！』(《論語‧先進第十一》)」隔天，荊茅就稱病致仕，帶著無數家產回鄉了。這位國師，腦袋沒有完全壞掉。

拾、韓鐵棍 勇力品

拾 韓鐵棍
——勇力品

　　此人名喚韓舍龍，山西汾陽人。生來家境就貧窮破落，沒幾年，父母於行乞之時瘐斃街頭，他祇能在縣城外的一間破廟裡容身。有知道他出身的鄰舍人家，頗為同情他的際遇，經常賙濟他，居然也有一頓兒、沒一頓兒地拉拔他長大了。看著還是出息不大，就替人幹短工，使喚上氣力，拿人點兒糧食，自己在寺中種著菜，油水全無，看情狀還免不了哪天要餓死。

　　一日，寺門外倒臥著一名道士，韓舍龍問他緣故，連說話的精神都沒有了，遂拖扛入寺，將自己打短工掙來的雜糧勻分一半給道士，園子裡種的菜也儘量地供給，彷彿寧願自己餓死也得把這道士救活的意思。寺僧問其緣故，他說：「我小時曾發一願，不要再看人餓死，是以寧捨吾身，非救活他不可。」如此救人，有個難能可貴之處，那就是不會流露「德色」——「德色」就是自覺有恩於人，形於顏色，讓受惠者感受到莫大的人情壓力。關於這一點，那道士當然是感受得出來的。

　　三個月過去，道士身子養好了，要出發上路，忽然背著人對韓舍龍道：「這一陣，連累小兄弟你了！我今天要走，沒甚麼好報答你的，倒是平生畜養之一物，可以相贈——一吃了這玩意兒可以勇健多力，將來靠這身氣力，說不定

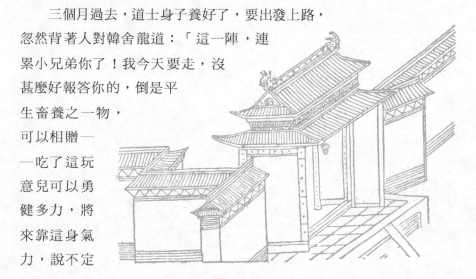

還能發財。不過，切記一事：有了錢，萬萬不可納官，納官只會耗錢——果真因納而得官，就要缺德了——此物你儘管拿去，七十二年之後，仍歸貧道所有。」

說罷，嘴裡登時吐出一隻小羊，跟個拳頭一般大小，放在手心裡仔細看看，原來是米粉麥粉之類，和水捏塑而成，頗似坊巷間捏麵人的小手藝活兒。道士隨即將這小羊放在韓舍龍口中，韓舍龍正不知該咬嚼還是不該咬嚼，不咬不嚼又該如何吞嚥？那小羊卻像是知道自己的去處似的，自喉頭直趨而下。道士隨即手起一掌，打上了韓舍龍的後腦杓，韓舍龍暈眩撲倒，醒過來的時候，道士已經沒了蹤跡。打從這一刻起，不論韓舍龍舉拿甚麼鋤耰犁鏟之類的農具，都覺得像是草芥一般輕盈。

這可不一樣了——韓舍龍第二天一大早就去求見平日常給傭工雜作的主家，說願意居家長作，別無所求，但請飲食儘供一飽。那主家知道他是個老實人，但是一時還算計不出：能怎麼個僱法兒才划得來？這韓舍龍像是看出對方的心思，便脫了上衣，捲作一包兒，向主人拱手一揖，道：「實則不必為難，我能做的事很多，不一定祇有田裡的活兒。您比方說罷：這房柱要是壞了，我也可以給抽換抽換。」說時紮開個不丁不八、非弓非馬的步子，反手繞過身邊那根一人還不及合圍而抱的大柱，看似不過輕輕向上一抬，居然將整根柱子連石礎拔離地面半尺有餘，韓舍龍順手便將那件上衣扔進石礎底下，再輕輕將柱子放開，那主人但聽得那柱身落地之時，發出了十分短促、低沉如雷鳴般的傾軋之聲。遇上這種孟賁、夏育一般的勇力之士，你僱是不僱？

當下主人遂與之議定：韓舍龍就在這人家幹上長工了，但是有兩個條

件：每日食用必滿三斗米，以及買鐵另鑄一批較為沉重耐操的新作具。果然所耕之田、所收之穀，十倍於人。韓舍龍氣力是比人大，但是一點兒也不逞力躲懶，反而勤快好動，彷彿不如此就對不起那每天三斗米的供養似的。

一日，主人令載煤五千斤自外地歸，前有八頭健騾拉挽，平地裡走得還十分順暢。不料近家處有條長坡，車過坡頂，要下行了，騾子們釘不住，眼見車身過重，把牲口的腳步都衝亂了，這韓舍龍猛可伸出一手，且將車身穩住，讓五千斤煤的承載徐徐鬆緩，不使顛躓。

這主人有個大生意，是做大宗布匹批發，聞知其事，還想試試他有沒有扈運貨物的能耐，遂命韓舍龍隨鏢局押運布匹至京師。這一趟路千把里地，當然有風險。好在有正港的鏢師隨行，就算遇上了宵小，也不至於砸了差使。不料一行鏢才入直隸界，消息就傳回來，說是遇上打劫的了。半天之後，第二撥音信傳來，說是六、七個鏢師教一群盜匪團團圍住，眼看是寡不敵眾，支撐不住了。到了後半夜，又有消息傳來，說是鏢師死了兩人，但是鏢保住了。問：怎麼保住的？說消息的則不甚清楚。直到個把月之後，韓舍龍回到汾陽報冊交差，聽他自己說才兜攏了：當是時，遇上一夥二、三十個強人，一闖圍上來，登時殺了兩名鏢師，嗣後是韓舍龍打路邊拔了株棗樹，以枝幹代矛

槊，橫掃豎劈，把所有來犯的強徒全都打倒在樹下，一一交付地方官吏輷審了。

主人聞言大喜，道：「韓舍龍真乃寒舍一條龍也！」於是教他此後不必力田，專事保全業務。韓舍龍其實未習武術，也不通技擊，但是天生神力，舉世無匹，非吃這行飯不可。既然當了這差，就得像樣——起碼不能到處拔路邊的棗樹當兵刃罷？於是鑄精鐵為棍，長一丈有二尺，重八百斤。

為甚麼是棍呢？一般兵刃，越是奇形怪狀的，越是有獨到的使用方法；用不上那道地的功法，反而容易傷了自己。棍則不同，有所謂：「唯棍無法，以變萬千相，終是無法。」——這是使棍的奧義，韓舍龍最懂，因為他專仗蠻力橫擊，已無有能禦之者。江湖人稱「韓鐵棍」。

又有一趟入京之行，才剛投宿逆旅，來了個人，自稱是「山東白二」。韓舍龍與之素不相識，問他的來意，劈頭應道：「俺聽說你善使一條鐵棍，何不將棍兒拿出來看看給俺看一眼。」「棍自在車後掛著，請自便罷！」

白二單手取下了那棍，對韓舍龍歎道：「你用這條棍兒，也不知傷了多少好漢。——這樣罷，就拿這棍兒打我唄！能傷得了我，白二自然服了你的神勇！」

韓舍龍道：「我與白兄遠日無冤、近日無仇，不可以如此兵戎相戲！倘或真要見高低，不如這樣罷——」說著，右手向前伸了，仰掌朝天，屈起一根食指，繼續說道：「白兄若是能將此指捵直，我即斂跡歸田，不復驅馳於道路之間了！」白二也平伸一臂，屈彎一指，與韓舍龍相扣如雙環。韓舍龍等白二的指頭才扣緊，趁勢一提，將對方全身提離了地面，順手一摔，竟跌落在五、七丈以外之地。

白二起身一拱手：「俺是山東大盜白劍虹，本稱一生無敵，今日竟敗於爾手下！從此在尊駕面前，決計不敢造次了！」此後韓舍龍再經過山

東、北直隸一路，如入無人之境。

韓舍龍有個習慣：一行鑣押底兒最後一車的廂後壁上，總要鑄一塊鋼托子，中有扣樺，那桿鐵棍就高高挺挺地豎著，像支空旗竿兒。如此往返京、晉之間二十年，每走一趟，韓舍龍都可以向那主人拆分貨價成數為酬，久而久之，家道也小康了。這還不算，那主人知道「韓鐵棍」名聲在外，就算放韓舍龍告老回家，仍舊將那之鐵棍插掛在車後又二十年——這是一個不知道該何以名之的「智慧財產權」範例——那主人每走一趟鑣，仍舊發付韓舍龍的鐵棍兒一趟走鑣錢。

韓舍龍很記得當年那道士的訓誨：有了錢，不捐官，買下許多田產。其間還成了親、生了兩個兒子、九個孫兒孫女，以及無數內外曾孫，年逾九十，仍然體魄康健，神力絲毫不減少壯。

有這麼一天，韓舍龍在場上看麥，就旁人所及見者，是忽然有那麼一隻羊打麥場上奔出，遠看並不像山西當地所產的胡羊；近看麼，祇覺牠渾身沾著穀粉似地末末屑屑，卻也看不出是甚麼來歷。大夥兒爭逐之下，那羊縱身一躍，跳進了一口枯井。眾人也想欺身下井去逮那羊，未料韓舍龍卻後發先至，一個筋斗翻落井底，喊道：「已經被我逮住了！我把牠扔上來！」說時遲、那時快，一擲之力居然將韓舍龍也牽引出井，所謂「身隨羊上」了。眾人但見有白煙一縷，自井口飛出——而羊，就讓那白煙裏托著，直衝霄漢，最後竟與天際的白雲融而為一了。

韓舍龍這時癱坐在井邊地上，渾身上下雖然無礙，可先前那一身勇健的氣力卻是一點兒沒有了、再也沒有了。

拾壹 靴子李

——義盜品

　　寶中堂，寶興，道光十八年初任四川總督，七月他遷，十一月再任，一直幹到道光二十六年底，回京陛見。到了京裡，檢點宦囊所得，積貲巨萬。

　　一夕，在官邸內室之中與寵姬鳳兮對酌，忽然看見繡簾大動，有如被狂風吹起的一般，接著便看見一名豪客手持白刃挑簾而入，屈下一膝對中堂說：「中堂還安穩麼？」寶興大驚，忙問：「你是甚麼人？」那豪客道：「小人由成都一路護送中堂到此，今晚四下無人，特來向中堂請安的。中堂如果不信，可以回頭想想：您由成都啟程，當天黃昏時分過穿雲舖，夜裡就在梔子集易氏鄉紳家安歇一宿，夜間顛倒不能成眠，還抓著鳳兮的臂膀當枕頭睡，又嫌她的髮簪子『格得慌』，讓鳳兮脫去簪子，放在枕箱旁邊兒。次日一早，那簪子卻找不著了，無奈行色匆匆，也沒工夫尋它了，可有這事？」寶興想想，確有此事。還未及開口應答，那豪客接著道：「東西，小的給您收著了——」說時自袖中摸出那物事，往酒案上一扔，打著了酒盞，鏗然作聲，人卻接著說道：「這是為了取信於中堂，所以才暫借幾日的。」

　　寶興早已嚇得把半夜喝的酒都作一身冷汗發了，只好唯唯諾諾地問道：「壯士要要要甚麼呢？」豪客道：「想跟中堂大人

討點兒回四川的盤纏。」寶興
知道這是不免要破費的，索性
直截了當地問道：「需要多少
呢？」

「十萬、八萬不見其多，三
千、五千不敢嫌少。」豪客道：
「小人討賞，豈敢奢望呢？您出得
了手，小人便拿得下手。」

「那麼，」寶興道：「給你五千
兩銀子如何？」

豪客二話不說，在一屈膝，道：「謝中堂賞！」

寶興這時忽一皺眉，道：「可是我初回京，如今宅中還沒有這麼大筆
的銀子，該怎麼辦呢？」豪客笑了，道：「這也不難，眼下這房裡不是有
一層夾室麼？夾室之中不是有口楊木箱子麼？那箱子上不是還貼著內府檢
點庫銀的封條麼？裡頭不是放著一箱子黃澄澄的馬蹄金麼？中堂何不就拿
它個三百兩來犒賞小的，大約合於五千兩白銀之數，也就打發小的上路了
罷！」

寶興萬般無奈，只好取出鑰匙，進了密室、開了封箱，如數點了，放
置在酒案之上。祇見那豪客就腰間解出一條黃巾，抖擻成包袱，三下五除
二綑紮停當，連手中之刀一併裹了，縛在背上，復拱手致謝道：「小人祝
中堂添福添壽了！」說時一轉身，忽又瞥見案頭有白玉鼻煙壺一具，瑩然
奪目，遂道：「這壺甚好，但不知煙味如何？」

寶興這會兒不大高興了，哼聲道：「難道你也識得此中雅趣嗎？」

豪客道：「中堂好說，小人不肖，可還偏偏就有這麼點兒嗜好。」說
著時，竟然抓起那鼻煙壺猛可一倒，狠狠吸了一鼻子，點著頭說：「是不
壞，可微微還透著些冷冽的香氣，不算醇。中堂這一壺煙，小人暫借三
日，待璧還之時，小的給您換一壺，那可是小的珍藏多年的極品，中堂嚐

一嚐；算是小的給中堂祝福添壽的那麼一點兒意思得了！」

「你要拿便拿去，還託辭借甚麼呢？」寶興更不高興了。

豪客卻大笑不止，道：「錢是要的，壺是借的，借的非還不可，不敢欺騙中堂您老。」一面說，一面掀簾要走。

寶興卻又喊了聲：「欸！來來來！有件事兒我忘了問你──」

豪客聞言，猛回頭道：「想來中堂是要問小人的姓名罷？小人姓李，打小兒就沒有名字，平時因為好穿短靴，小人朋輩都叫小人『靴子李』。中堂明兒一早要是報步軍統領、五城提督一體嚴拏之時，切不要忘了小人的稱呼──『靴子李』！」言罷聳身過簷，像隻大黑鳥一般地就衝飛而去，倏忽不見蹤影。祇聞庭前枯葉颯颯，落如雨下，良久始定。

天明時分，寶興立馬遣人報拏，並且親自詳細說明了夜來所見之人結束若何、年貌若何、音聲若何，諸般細節，命捕役牢記在心。同時，寶興還向官吏施壓：三日之內，務必將人犯執來，當有厚賞；否則不免移罪其緝捕不力，還是有重刑伺候的。

當此之際，自然是偵騎四出，兵役騷動，一天一夜之間，全北京城內外都動員了，卻毫無所獲。直到第二天近午，有個巡捕役丁，在正陽門外一爿「南髦子酒舖」裡見著一名酒客，年約四十，面瘦而額顙寬廣，眼角

斜裡往下掉，短衣窄袖，足登淺勒皂靴。此人當爐獨酌，頃刻間豪飲數斗有餘，還不停地喚店夥添酒。這役丁想擎下他立功，又怕本事不濟，遂馳告同僚，共同圍捕。其中有個叫徐六駒的坊官，是個聰明人，一聽這話，連忙阻止，道：「此非常人，不可以力取。我一個人先去同他談談，動之以情，或許還能成事。你們悄悄把四下裡圍上，萬一有甚麼動靜，再出手也不算晚。」

眾人依計而行，四周佈置下了。徐六駒單槍匹馬進得「南髻子酒舖」。一入門便長揖及地，向那酒客道：「李大哥，久不見了！此番從何處來？」

那人抬眼一看，笑了，拍拍徐六駒的背，道：「你來了很好，我等你好一會子了，坐下來說話。」說時將上位讓給徐六駒，一面提起酒壺笑道：「這哪兒是你要問我『打從何處來』啊？分明是我該問你：『要將我到何處去』罷？」

徐六駒低頭欠身，道：「不敢！中堂之命，大哥諒必早已聞知了。如能蒙大哥見憐，則感激不盡；不然的話，我祇有追隨大哥的馬蹄塵，相率亡命天涯了！」

靴子李聞言大樂，道：「我要是想連累諸君，早就離開京師了，何必還在這兒苦苦等候你大

駕光臨呢？來，咱們滿飲一杯！」

飲罷了杯中酒，兩人把臂出門，徒步入城，逕赴刑部而去。

將上堂時，靴子李還向左右環伺的差役說：「這兒是法堂哪！該給我加一副刑具不？」左右人等這才回過神來，將一干手銬腳鐐給靴子李戴上。

這是指標性案件，非速審速結不可。不多一會兒工夫，承審司員升座，厲聲問道：「你就是靴子李嗎？」

靴子李答稱：「正是。」

「前夜劫走了寶中堂五千兩白銀的，也就是你嗎？」

靴子李應聲道：「三百兩黃金，約足五千兩白銀之數，是不錯的。可金子是中堂賞賜的盤纏——小人怎麼敢劫中堂的財物呢？」

承審司員立刻問道：「那麼玉壺也是中堂的賞賜嘍？」

「不！這是小人求借來賞玩賞玩，今夜就要送還的——它既非賞賜，也不是打劫而得的。」

司員怒道：「你小子實在狡詐，待本官請命於中堂，再來嚴辦你！」說完就下令把靴子李收押了。

眾差役剛把靴子李拽下大堂台階，只聽靴子李道：「容我歇會子。」一面說，一面彎身就靴筒子裡取出一隻斑竹煙管來，一邊兒吸著煙，一邊

兒四下打量著，說：「此處牢獄頹敗得不像樣子了！想來歷年修繕營造的費用，給堂上各司官剋扣了不少，看樣子都是挪作修築私宅去了！我今天捐你們二百兩銀子，煩請諸君稍事修葺，起碼得把破牆破壁的補上一補，也免得又有逃獄的。」

話才說罷，頓足一聲大叫，但見他通身上下鐵索寸斷，銬鐐等一班刑械便如同蟬蛻的空殼兒，全都委棄於地，人卻「嗖」的聲竄上屋瓦，三轉兩轉已然不見了蹤跡。

這天晚上，寶興不得好睡了。他知道靴子李是非來不可的，他也是非應付不可的。祇得在室中環燃巨燭，燎照如白晝，令僕從持兵器繞室三匝。直等過了大半夜，外間卻一點兒動靜都沒有。正慶幸著靴子李不來了，連雞都已經叫了，寶興還沒來得及上床，驀然間打從屋頂落下來一團黑影。此際僕從差役皆在，可一個個兒嚇得面色如土，手腳軟弱，動彈不得。

靴子李直趨寶興，將玉壺放置在案上，從從容容地說：

「小人之前跟中堂約了今日要來還這件東西，何必還大費白天裡那一番周折呢？中堂請試試這壺煙，就算不合口味，我也算信守了承諾。小人日來即將有遠行，更有一番話要對中堂說，算是臨別贈言罷！

「中堂也知道：當時您總鎮蜀中的時候，吏治不修，綱紀隳壞，大小衙門就如同商店的一般，甚麼都是生意。搞得地方上父老銜之次骨。如此，沒有天災，必有人禍；沒有人禍，也必有天災。

「小人前番來，奉假五千兩銀，原來是準備著為中堂作些善事，不外就是替中堂積恩市義罷了；要是能稍稍賑濟些窮困匱乏的百姓，也為大人贖一贖先前造的罪孽。誰知大人你見利忘死，不過區區之數，竟然也難割愛。人之庸憒頑愚，簡直莫過於此了！小人想中堂既然上不畏國法、下不

恤人言，所幸還有老天爺借我靴子李之手，得以在旦夕之間取你這條性命，讓你知所忌憚，還不至於太猖狂作亂。中堂日後如果能稍知悔悟，勉強做點兒善事，說不定還保得住脖子上這一顆腦袋；不然，李某可是隨時要來問候您老人家的。」

　　話說完，靴子李朝寶興作了一揖，人就不見了。

拾貳、范明儒 練達品

一到大冬天，人的關限就給凍出來了。甚麼叫關限呢？簡直的說就是怎麼混也混不過去的難處。比方說沒錢，天兒冷特別覺著沒錢難過；再比方說沒親戚朋友，天兒冷特別覺著孤單寂寞。天兒冷的季節比較長的地方還出瘋人，街坊鄰居生起口角事端的，夏天裡來得急、去得快，到冬天裡結下了樑子，就很難相互原諒。

這兒有個真人實事，要不是大冬天，還不至於鬧出來。說的是一個叫郭洪的財主，家裡依著個中表親戚，叫李三兒，寄食寄宿，也不求甚麼出息。這李三兒遊手好閒之餘，外邊欠了一屁股的債，郭洪給還了，李三兒總有法子再欠一筆，數目儘管不大，就居停主來說，畢竟有無底洞的恐慌，可謂不勝其擾了。

這年一入冬，李三兒又扯著郭洪借錢還債，一開口要十萬錢，合百把兩銀子，郭洪一甩袖子，說了聲：「胡鬧！」扭頭就走。一邊兒伺候的下人早就看這李三兒不順眼了，登時給搯出大門去。李三兒一上來還哀求；哀求不成，便轉成叫罵；叫罵復不應，變成了哀嚎。如此鬧了大半日，忽然沒了動靜。郭洪心念電閃，覺出不對勁來，立刻著人出門看看——可了不得，李三兒解下褲腰帶，把自己給吊在邊門的橫樑上了。郭洪不敢動那屍體，又不知如何是好，想起衙門裡認識一位刑房書辦，趕忙差人去請，看有甚麼法子可以掩飾脫罪。

這書辦姓范，叫范

明儒，據說極有學問，可是科場不遂，也是有原因
的。此人恃才傲物，在府學裡讀書的時候就
經常得罪教授和學官。有一回省裡派
下來一位學使大人，出了個題
考較諸生：「所過者化，所存
者神。」這是四書裡的句子，
見《孟子・盡心上》：「孟
子曰：『霸者之民，驩虞如
也！王者之民，皡皡如
也。殺之而不怨，利之而
不庸；民日遷善而不知為
之者。夫君子所過者
化，所存者神；上下與天
地同流，豈曰小補之哉！』」

　　這題目的原意是說：霸主的人民，好像活得挺高興；而聖王的人民則
不同，後者像是過得很自得──這樣的人民，殺他也不怨恨；給他好處也
不歌功頌德，老百姓自求上進，甚至不知道是誰教化他的。聖人所經過的
地方，人民都受到感化，內心所保有的信仰或理想，神妙難以言喻。如
此，這聖王的德業就可以和天地同運而行，哪裡像霸主那樣施一點兒小恩
惠補貼補貼老百姓就算了呢？

　　古來學官出題難學生是本分，所出的題會呈報上去、傳揚出去，馬屁
學問就在於此。說甚麼不歌功頌德，出這種考題，當然就少不了歌功頌德
的勁頭兒。這學官原先窮，當過幾年和尚，後來受知於寺僧的慧眼，知其
應可在功名場上闖闖前程，遂安之在寺，卻不使誦經禮佛，反而栽培他讀
儒書，學制藝。後來果真三年一捷，四年連捷，日後這小寺廟當然也得了
不少照應。可學官最怕人提到他出家的過往，甚至逢上甚麼應酬場合，要
是有人當眾提及寺僧、山僧之類的話，他都會老半天不高興；彷彿人窮志

短的家底兒都露了。

范明儒一見這「所過者化，所存者神」，就大笑了一陣，提起筆來、一揮而就，可他不是好好答題作文，寫的卻是四句詩：「一缽萬里任此身／歷盡千山遍地塵／腹笥雖寬猶餒匱／遊方和尚廟無人。」就詩意來說，「遊方和尚廟無人」不正是「所過者化（經過廟門之外的是個化緣的托缽僧），所存者神（蹲在廟裡的祇有神佛的塑像）」麼？

這還了得？學官一見發了火，非但痛施榎楚，還找題目褫奪了他的秀才身份，於是這范明儒終就不能在功名場上一搏才力，所謂淪落下陳，幹書吏、賣刀筆。這固然也是他耍機鋒、鬥瀟灑，應得的報應，倒也合了脾性。幹書辦，有幹才，賺的銀子不比縣太爺少。

話說回頭，這一天郭洪碰上李三兒懸樑的事兒，託人來請。衙中尋不著、家中找不到，過了大半天才在一個師爺家訪得，正打著麻將呢。非但鬥牌方酣，范明儒還輸了一屁股，不肯下桌，郭洪的下人連忙捧上現銀，無論如何請走一趟。范明儒收下銀子，仍不肯起身，祇叫來人近前，耳語問明原委，復低聲就著來人的耳朵囑咐道：「你回去把屍首解下來，移入門內，別叫人看見，之後再來聽話。」

郭洪家的回去依言做了，再回來，不過是看旁牌。就這麼耗著，又過了一、兩個洋鐘點。郭洪在家，守著個冰涼的縊屍，畢竟按捺不住，親自來了，既不敢驚動牌局，又不能不有所示意，索性在一旁兀地跪了。

范明儒回頭看郭洪自己到了，不覺失笑，道：「瞧瞧我這記性兒！居然把老郭家的大事兒給忘了。」這才起座兒，將郭洪拉到一邊，道：「你趕緊回家，把李三兒那屍首再給掛回去，別讓人看見——就得了。」

郭洪聞言又要跪，叫范明儒一把攙住，郭洪急得眼淚都掉下來了，囁嚅著說：「范爺如此吩咐，不是害煞小人麼？」

「我且問你：自李三兒懸樑到此刻，可有行路人等瞅見？」

「那倒沒有，大冷的天兒，我那宅院方圓五里之內並無人家坊市，還沒有為外人看見。可再、再、再把他掛回去，就、就、就難說了。」

「那好！你就回去把屍首掛上罷——不依吾言，但看你破家也不得收拾了。」

郭洪聽話，回去將屍首掛回先前李三兒自縊之處，當然還是惴惴不安，又回來請教。

「你怎麼那麼不怕麻煩呢？」范明儒還是把郭洪招過近前，附耳低聲說道：「回去睡覺了罷！明日有叫門的，你別理，待官衙裡有差役來，才給開門。要是差補人等問起甚麼來，你也別辯理，就說請把屍首放下來驗過，我自有替你脫罪的法子。」

到了第二天，果然有地保來叫門——顯見終於還是叫過路的看見了，也報了。郭洪謹記著范明儒的指示，楞不理會。直到衙門裡的捕頭來了，才開門出見。

捕頭問話，郭洪直說：「怎麼吊著個人哪？快放下來！快放下來！」

捕頭差手下放了屍首，當然那仵作就先過來看了。捕頭隨即問這郭洪：「你認識這人不？」

「是小人的中表親戚，叫李三兒；他怎麼會死在我門口呢？」

「你倆，有甚麼過節兒麼？」

「向來沒有的。」

這個時候地保卻說上話了：「這郭洪平日為富不仁，常聽李三兒說欠他這表兄銀兩、還不出來，看這光景，一定是郭家威逼李三兒還債，才鬧出人命來的。」

捕頭也不答腔，看看仵作的驗書，甚麼話也沒說，比手勢讓差役把地保給帶走了。回到衙裡，縣太爺、刑名師爺、捕頭會同刑房書辦祇商議了片刻，立時重責了地保五十大板，說他涉嫌誣枉郭洪，冀圖訛索財物。

為什麼這麼判呢？因為直到捕頭到場，郭家才開門，眾目睽睽之下，可以為證。而死者頸上竟然有兩條縊痕，一深一淺，則表示屍體是移動過了的。雖然可驗為自縊，屍體卻是從旁處搬來的。是誰移動的？地保說不上來。因為他風聞郭家門口有吊屍，滿心想著的還真就是去訛索一點兒好處，根本不知道是誰先發現的屍體，當叫門不應，再請了捕頭來，捕頭頭一句話問的，就是「誰先看見屍首的？」地保深怕錯過這兩面搗飾的機會，自然說：「是小人！」

那麼，就小人罷！范明儒雖然祇是個書辦，人情練達如此，怪不得會發財。

拾參、

金巧僧

聰明品

拾參 金巧僧

　　金玉昆打小是個眉清目秀、資質過人的孩子，得說他靈神秀骨，必有宿慧，鄰里間鬨傳，說他「經史百家，過目成誦；臨摹法帖，逼肖名家，真未易之才也。」（語見清人吳熾昌《客窗閒話·卷二》）也沒有人想到過：他的名字「玉出崑崗」有甚麼不妥。可好生孩子偏就帶著那麼點兒歹命，昆這個字的諧音壞了──髡，禿也。金玉昆打從十一、二歲上染患癩瘡，此後毫髮全無，成了個不折不扣的禿子。

　　在清代，禿子其實同不禿的差不了許多，可是在那時，禿了，就直等於沒有了前程。他十六歲，還是憑著真本事考進了縣學，可以領一份餼糧，算是由國家供養的讀書人。可連金玉昆也知道：他的前程，不過就是這份秀才糧食罷了──將來就算大比得中，也別想更上層樓；起碼本朝以來，還沒聽說過哪個禿進士、禿狀元的。

　　由於禿這個病，金玉昆的性子也同常人不大一樣。他是聰明、伶俐、秉賦非凡，也可能十分自知、而不得不生出十分的感慨，因感慨、而委屈，由委屈、而憤懣，不覺而然地想要藉著自己的聰明睿智與眾為敵、與俗作梗。正因為性情如此，還對那些個驚世駭俗之事特別有興趣。

　　金玉昆十七、八歲上就經常引著縣學裡的諸生做狹邪遊。父母為他完娶之後，不多久便雙雙過世了，此子益發沒有了拘束，日日與浮浪子弟為伍，幾經翻覆，一份不算太豐厚的家業就傾蕩一空。之後靠著親朋接濟，略博升斗，也差不多過了十多年，弄到了人人畏而避之的一個場面。大老遠一見他來，便紛紛紜紜地講論：「禿子又要來騙銀子使了！禿子又要來騙銀子使了！」結果弄得襤褸如

丐，家人當然也看他不起。彷彿他這一生的命途，是打從頂峰上走起的，越走越往下、越走越往下；走著走著，命還在，運勢已經用光了。

金玉昆窮人也有窮人的豪壯，慨然道：「大丈夫博功名富貴，猶反手耳！奈我鄉人，目光如豆，不識賢豪。放眼望去，沒有一個能助我入青雲者。我不如遨遊四海而圖之！」

妻子聽他這麼吹，也破涕為笑了，說：「一個富貴窯子、一個皮肉窯子，這兩個窯子可就算是你的青雲了罷？你為了在這兩個窯子裡奔波，也連累不少的鄉黨親故了罷？還在這兒放口昂聲、高談闊論，能不害羞麼？你今兒能做甚麼？你今兒能做的就是出門討飯──要是怕玷辱了先人，那就到外鄉裡討去，這就算是你遨遊四海了罷！」

金玉昆聞聽此言，不禁冷冷一笑，道：「看著罷！」言罷拂袖而去──還是先到親戚齊聚的祠堂裡──那兒人多──到了祠堂見了人，道：「我有一趟遠遊，請以妻、子託付諸君，十年為期。如若不能飛黃騰達，我也就沒有臉回來了！」

親戚一聽說他要遠遊，個個兒都鬆了一口大氣兒，一個接一個地說：「你放心去罷！家裡的事不用想了。」「十年算甚麼？二十年、三十年也無妨礙，你自不須回來了！」「十年之後，你兒子也大了，看模樣兒是跨灶之子，能有出息，而且不禿，這一點十分要緊！」眾人說到這一句上，個兒頂個兒再也忍不住仰天大笑起來。

金玉昆也妙，登時答道：「我的兒，不過是一副貴家公子的模樣，焉能清於老鳳哉？」眾人見他出落得如此有志氣，又是一陣惡笑，紛紛道：「別忙著走，你既然一去十年不回，那可真值當得鄉裡給賀一賀！我等今回一定要為君釀資餞行，壯壯行色。」金玉昆很是有骨氣了，道：「這倒不必了！」說完一拱手，扭頭出祠堂，直到此刻，眾人還當他是藉故擺譜，不知又耍些甚麼樣混吃騙喝的奸計了。

金玉昆是一路朝南去的。才走了兩天，活該天無絕人之路，教他遇見個吃醉酒的和尚，倒臥在山林小道上。金玉昆一見，觸機而歡道：「噫！這個行當子甚好，可以幹、可以幹！」於是當下拿了和尚的鉢兒、挑擔，卸下他的袈裟——袈裟裡還有度牒一份，那醉和尚法號叫「悟真」——好！我金玉昆也不是不可以就叫「悟真」的！

從此悟真便周流於叢林之間，雖可駐足，卻沒有甚麼發跡的機會。輾轉聽人提及廣東，都說廣東雖地處南疆，但是粵人好佛不亞於江南，而且大戶人家出手供奉，常有一擲千金之舉，比諸江南諸寺這種廟老神疲之態來，相去若雲泥。

廣東有一座遠近馳名的古寺，叫「慧果寺」，供奉著釋迦牟尼佛和文殊、普賢、觀音三大菩薩。這是五羊城裡外八方幅圓千里之內的第一大寺，巍立一方，氣象雄渾。可惜的是，不知何年何月，著了一把無名火，琳宮璇室，焚燬其半，香火也就衰敗了下來。

現任的住持想要募緣聚資，重為修葺，可是叢林化外也有叢林化外的現實——你這廟的香火壞了，就是壞了。想要人在神佛面前雪中送炭，比在人世間施捨粥衣更不容易。在人世間的施捨，還存

著個行慈為善的果報之念；神佛落魄了——就是俗說的「泥菩薩過江」——那祂還能救得了誰、幫得上誰呢？救不了人也幫不上人的神佛，就比喪家之犬還惹人嫌——這一下，慧果寺的住持發起慌來。

金玉昆——不，如今該叫他「悟真」了——悟真偵知這一段過節，想是個機會，遂來到山門之前，直說要見住持，說小僧從江南來，見識過叢林無數，可以商談商談重修廟宇的良方。住持當然立刻接見了，聽他說起某寺某寺，又是甚麼塔、又是甚麼樓、又是甚麼閣、又是甚麼殿，歷歷如在目前。而且一旦說到興修屋宇，不論方內方外，自凡是有興趣，說的人也好、聽的人也好，都有一種沉浸於宏偉壯麗之美的喜悅。

悟真說了些大佛古寺的見聞，說得老住持興奮不已，連聲放屁，直道：「既然見識過那麼多的廟宇，那麼悟真師何不將鳩工興建之事所需工料、用度、乃至於一應屋宇配置圖卷，都錄寫下來，好讓敝寺有個施作的張本呢？」

「小僧粗莽，雖然見過不少叢林，卻一向不會寫字！」

「不會寫字？」

「度化我的師父上玉下昆大和尚說過：佛法無邊，未必一定要認字誦經，飄南泊北，全仗手腳勤勵；一日做、一日食，這是當年百丈禪師的訓誨——小僧毋寧也是做一日、吃一日。即便是個夯人，倒是很願意為方丈幹些個粗笨的活兒，畢竟有一日還是能將寺廟修復的。」

這方丈轉念一想：當今世上還有幾個這種甘心吃苦耐勞的僧人？我若募得足夠重修廟宇的香資還則罷了，若是募不得，能募著這樣吃苦耐勞的和尚也是大好因緣。於是便將悟真收留在寺，果然放他些粗重的活兒幹，他也幹得津津有味，四更天不到，就起身打水生火，人家僧眾還睡著呢。到了夜間，僧眾已經歇息了，他還劈著柴火。老住持深慶得人，益發看重

這老實和尚了。

　　悟真還願意跑遠路，到市集上買些寺中日用不可少的雜物。他擔任採買，其實市集上的店家都麻煩，為什麼呢？他說他不識字，認不得貨、價如何相符，於是每買一物，都要請閭閻之中能寫字的人替他詳細書寫單據，物價若干、用錢若干，非但交割清楚，記錄亦明晰。

　　如是者將近半年有餘，全廣州都聽說有這麼個老實和尚，也有叫傻和尚的——他倒成了羊城一景；沒有人知道、或嫌棄他是禿子。他這憨傻愚昧的模樣，漸漸地讓慧果寺有了人跡，居然還有人打從山門外邊兒幾箭之遙就喊著：「傻和尚！傻和尚！」

　　半年之間，悟真祇在一宗買賣上動了點小手腳：他私下挪用寺裡的公款，買了一套紫金衣缽，以竹笈盛之，藏諸燒燬殘存的大殿佛像座下。又一日，諸僧起床上殿做早課的時候，忽然看見那悟真頭戴毗羅僧帽，身穿一襲簇新的紫袍，踞大殿之基，趺跏而坐。眾僧不禁都笑了起來，相互鬧嚷道：「悟真瘋了！悟真瘋了！」住持聞言連忙前去觀看，悟真緩緩起身道：「佛旨在身，不敢為禮！」

　　住持還是不明白，道：「施禮不施禮倒是小事，可究竟是怎麼一回事呢？」

　　悟真道：「弟子於夜半之際，夢見釋迦牟尼佛降凡，囑咐弟子說：『這座廟，究竟能不能重新興旺起來，都在你一個人身上了；你要勉力募化，廣結善緣！』弟子說：『弟子愚昧，擔不起這個活兒。』我佛微微一笑，拿手摩了摩弟子的腦袋，另外還交付了弟子一粒五色珠，叫弟子吞吃下肚，說：『服此舍利子，自能領悟一切法。我座下有正傳衣缽，也發付與你，這就可以取信於人了。』弟子醒過來，果然在蓮花座下找著這衣缽，敢不虔心奉持、謹遵佛囑？而今就請師父號召四方施主前來，看弟子撰文書榜，以募善緣罷！」

　　眾僧聞知，宣傳遐邇，於是善男信女之聚觀者，日數以萬計。這悟真於是張布硬黃紙，對大眾書疏，相傳其文字可以比配得上當年玄奘法師請唐太宗寫的〈大唐三藏聖教序〉那樣清麗動人，而一筆蒼勁遒結的書更是令人想起唐代著名的碑書〈大唐西京千福寺多寶佛塔感應碑〉。當地的士大夫頂禮佩服，小老百姓無不涕泣讚嘆，齊呼：「活佛！活佛！活佛！」就怕施捨得不夠了。

　　一個月之間，朱提滿溢，白鏹充盈，這就準備鳩工重修廟宇了。可還有一個問題：大殿所需的棟梁之材都是巨料大木，這，得到何處去張羅？

　　悟真說：「我佛慧照四方，這有甚麼難的？蜀中就有大木。不過，買木不難運木難，須連我廣大神通以攝之，應叵成其功！」眾善男信女皆道：「這就非活佛不能成事了！這就非活佛不能成事了！」

　　悟真謙辭了半天，眾人之請託卻益發固執，他勉為其難地答應道：「就拿二十萬兩銀子去買木料罷！但是二十萬兩白鏹是何等規模？不如買了細軟珍寶，俾我上路輕盈，一俟挑選巨木，我即交付珍寶，令彼等開立收據——這些事，我之前在市集上都拜託各位做過的。一旦單據開立，我即請佛祖運大神力，轉瞬即將木料運回寺中。」

　　悟真——不，這會兒又不該叫悟真了——這金玉昆出了廣東省境，立

刻棄去了輜重，單身兼程入都，把所有的珠寶都賣了，差不離兒也是二十萬兩之譜，恢復原名，捐了個知府的官，捐來的官要得銓選放差，還有入覲一關——就是見皇帝。金玉昆買了條又黑又亮的假辮子，縫在帽簷兒後邊。如此一來，禿子又不禿了。

　　吳熾昌《客窗閒話‧卷二》給這故事下的結尾是：「入覲，奏對稱旨，交部即選，銓得閩郡。過其鄉里，僕從輿馬，炫耀一時。親友爭趨奉之，生皆厚報，乃攜妻孥之任。緣歷盡艱難，深知民間疾苦，以清勤自持，故稱賢太守也。」居然這騙子還是個好官兒。

拾肆 九麻子
——詭飾品

原來，飛毛腿三字並不是指跑得很快的人，而是一個台灣賊。

乾隆十三年三月，方恪敏公觀承由直隸藩司升任浙撫，在撫署二門上題了一聯：「湖上劇清吟，吏亦稱仙，始信昔人才大；海邊銷霸氣，民還喻水，願看此日潮平」。這是有清一代督撫中文字最稱「奇逸」者。

嘉慶十八年，也是三月，方觀承的侄兒方受疇亦由直隸藩司升浙撫。這個時候，方觀承的兒子方維甸已經是直隸總督了。早在嘉慶十四年七月，方維甸也就以以閩浙總督暫護浙撫篆。數十年之間，父子叔姪兄弟三持使節，真是無比的殊遇，於是方維甸在父親當年題聯的楹柱旁邊的牆上又補了寫一聯：「兩浙再停驂，有守無偏，敬奉丹豪遵寶訓／一門三秉節，新猷舊政，勉期素志紹家聲」還在聯後寫了一段長跋，記敘了這樁家門幸事。人稱方觀承是「老宮保」，方維甸是「小宮保」。

抄兩段兒枯燥的史料暖暖場子，今日咱們說飛毛腿和方九麻子。

要是嫌史料生硬難讀，儘管跳過，也減不了後頭故事裡的趣味；可是，一旦細讀這麼幾段兒文字，您就會有恍然大悟之感：原來中國加緊統一台灣是從這老小子開始的。

《清史稿》本傳稱方維甸：

「方維甸，字南耦，安徽桐城人，總督觀承子。觀承年逾六十，始生維甸。高宗命抱至御前，解佩囊賜之。乾隆四十一年，

152

帝巡幸山東，維
甸以貢生迎駕，
授內閣中書，充
軍機章京。

「四十六年，
成進士，授吏部
主事，歷郎中。五十二年，從福康安征臺灣，賜花翎。遷御史，累擢太
常寺少卿。又從福康安征廓爾喀。歷光祿寺卿太常寺卿，授長蘆鹽政。
嘉慶元年，坐事奪職。吏議遣戍軍台，詔寬免，降刑部員外郎，仍直軍
機。遷內閣侍讀學士。從尚書那彥成治陝西軍務。

「五年，授山東按察使，遷河南布政使。時川、楚教匪未靖，維甸率
兵六千防守江岸。疏言：『大功將蕆，裁撤鄉勇，最為要務。宜在撤兵
之前，預為籌議。俟陝西餘匪殄盡，酌移河南防兵以易勇，可節省勇
糧。』上韙之。

「八年，調陝西，就擢巡撫。督捕南山零匪，籌撤鄉勇，釐治糧餉，
並協機宜，複賜花翎。十一年，甯陝新兵叛，維甸亟令總兵楊芳馳回，
偕提督楊遇春進山督剿。會德楞泰奉命視師，賊竄兩河，將趨石泉，維
甸遣總兵王兆夢擊之，勸民修寨自衛，賊無所掠。未幾，叛兵乞降，德
楞泰請以蒲大芳等二百餘人仍歸原伍。上責其寬縱，命維甸按治，疏陳
善後六事，如議行。

「十四年，擢閩浙總督。蔡牽甫殲，硃濆乞降，遣散餘眾。臺灣嘉
義、彰化二縣械鬥，命往按治，獲犯林聰等，論如律。疏言：『臺灣屯
務廢弛，派員查勘，恤番丁苦累，申明班兵舊制，及歸併營汛地，以便
操防；約束台民械鬥，設約長、族長，令管本莊、本族，嚴禁隸役黨護
把持；又商船貿易口岸，牌照不符，定三口通行章程，杜丁役句串舞
弊。』詔皆允行。以台俗民悍，命總督、將軍每二年親赴巡查一次，著
為例。

「十五年，入覲，以母老乞終養，允之。會浙江巡撫蔣攸銛疏劾鹽政弊混，命維甸按治。明年，召授軍機大臣。維甸疏陳母病，請寢前命，允其留籍侍養。十八年，丁母憂，遣江甯將軍奠醊。未幾，教匪林清謀逆，李文成據滑縣，奪情起署直隸總督，維甸自請馳赴軍營剿賊，會那彥成督師奏捷，允維甸回籍守制。二十年，卒於家。上以維甸忠誠清慎，深惜之，贈太子少保，諡勤襄，賜其子傅穆進士。」

從這麼點兒記載，就可以看出大中國羈縻台灣的益發嚴密，是從方維甸這個人開始的。建議總督、將軍每隔兩年親自赴台巡察而成慣例的，就是他——因為他看出來「台俗悍」。

從生平行事上看，飛毛腿的事件應該發生在方維甸在世的最後兩年——也就是嘉慶十八年到二十年之間。

當時京師裡出劇盜，聽說此盜神出鬼沒，來去無蹤，口操南音，似是閩台間人。有人說：「這是小宮保招來的！」為什麼呢？因為方維甸不知

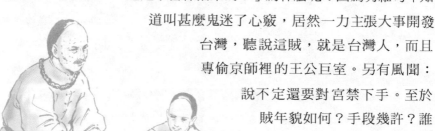

道叫甚麼鬼迷了心竅，居然一力主張大事開發台灣，聽說這賊，就是台灣人，而且專偷京師裡的王公巨室。另有風聞：說不定還要對宮禁下手。至於賊年貌如何？手段幾許？誰也說不上來。唯有刀把兒胡同一個開旅店、專作南商生意的掌櫃，說出一件奇聞：

那是某親王老母七十整壽，蒙聖恩特賜宮中昇平署為唱三日戲。這三日戲不好對付，既是聖恩，不

聽都不行，全家老小，闔族戚舊，都來正襟危坐地聽大戲。每日午後文武場就一陣吹拉敲打，直唱到入夜。到了第三天上，不獨老太太聽著聽著就睡著了，上上下下百十口子人幾乎都睡了。是不是遭了薰香的道兒？沒人敢講——昇平署的伶工都還在台上生龍活虎地唱著、唸著、作著、表著不是？戲散之後，不知過了多久，才有家人發現老太太寢室夾壁裡的珠寶全不見了。來賊是個大內行：黃金白鏹的通通沒要，專挑價值連城的細軟下手；失主算了算，損失在百萬兩以上。

竊賊祇留下了一個線索：毛。內室夾壁極窄，有甚麼取放的活兒，老太太平時都是遣一個身形嬌小的丫鬟兒出入。這賊——就常情看，無論如何其體量軀幹都要比個小丫鬟兒高大得多，光那草鞋印兒就足抵丫鬟兒的三個長。可見要能進夾壁，殊非易事。但是人家的確進去了、也得手了，祇在兩面牆壁之上留下了厚厚的兩層油；可見此人渾身塗上了油，為的是擠進擠出更順溜。除此之外，下半身三尺以下的所在，擎燭而細察之，可以發現牆上油漬之中到處是一根兒一根兒的腿毛。

這個故事，要不是有刀把兒胡同那旅店掌櫃的在，就算完了。

旅店掌櫃的傳出來一椿奇事：就在親王家的劫案之前幾天，打從南邊兒來了個販桐油的客人，有「八閩新桐海上來」的新式招帘兒，迎風招展

不說，旗竿兒還能左右打轉轉，看得人已經目瞪口呆，再看帘兒上那筆字，一眼就認得出來：是咱們直隸總督方維甸小宮保家傳的那筆褚骨趙字。

不消說：極可能是小宮保前兩年在閩浙總督任上應酬過的筆墨，為商家所得，倩書寫匠大量仿寫，到了京中來也，算是小宮保的腳下，商人們自有他精明柔順的算計。興許是要驚動一下小宮保，這是他自己的詩，捧的就是桐油生意的場：

八閩新桐海上來／霜根未寸覓先栽／問渠哪得清如許／鳳老枝頭咳幾回。

您老的字兒，咱都給您扛來了，這份兒畏威懷德的孝思，您老能不動容麼？

可盜案一出，九城縠觫，那賣桐油的把一竿一帘都扔在旅店裡，人卻再也沒回來過。九門提督親來房舍查問，那掌櫃的為了巴結差事，還刻意上前對提督大人說：他還有一句重要的話，要親自奉稟。提督說：「你說。」掌櫃的說：「那小子渾身是油，拉著他自己的袖子，跟小人說：『蛋哥哥！』」

「『蛋哥哥』？」提督大人想不明白：「『蛋哥哥』是他自己？還是他要去會首碰面之人呢？」

「這個麼──小人就不明白了。」

提督大人並非沒有收穫，在那旅社之中，還發現了一樁極要緊的證

據：也是毛。跟親王老母內室夾壁上一模一樣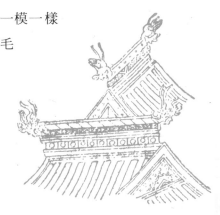
兒的腿毛。這個案子，暫時就叫「飛毛
腿」，稍後再遇上了同樣難以破解的案
子，就會說：「這跟飛毛腿那案子是
一樣的。」久而久之，便形成了當時
對這種神乎其技的完美盜案的暱稱。
這是「飛毛腿」三字見諸公文書以及
史乘之最早者。熟悉清代刑事犯罪
公案的學者一點兒都不會陌生。當
時，也還沒有誰以「飛毛腿」形容「跑得很快的人」。

接著，要繞出去說方九麻子了。方九麻子是老宮保方觀承的叔伯弟
弟，方維甸的族叔。年紀要比方維甸小很多，看起來，很可能是因為方觀
承的兄弟們都習慣晚婚晚子，而且比六十生子的方觀承還要晚很多，到方
九麻子長大自立之時，才會連方維甸都老了。根據麟黃著《湖天談往錄．
卷二．方九》所載：

> 方九，名不著，少無賴，能以術攫人財，屢犯法，捕弗獲；富人畏之，貧
> 人又甚喜之，蓋詐取之財，施予不吝也。

這方九麻子年少時節幹的勾當在直隸、山東一帶可說是家喻戶曉了，
代代流傳，到今天還有說的。

我還是個孩子的時候，從外邊兒聽說了許多有關聖誕節的傳說、故
事，便回家跟我父親嚼咕，說是得讓聖誕老人知道我們家有個小孩子，不
然每年聖誕節都得不到他送的禮物。我父親當時一定相當窮——祇有窮到
一個地步的人才會生出某種程度的遠見來，他大概是怕一旦答應了我，往
後每年年底，都得想法子湊出一份禮物來替聖誕老人作面子，於是說：
「你祇要看著一張大麻子臉不害怕，我就跟他說去。」

為甚麼會有這麼個說法呢？道理無它：咱早在聽說聖誕老人駕雪橇、鑽煙囱、上每戶人家小孩兒床前的襪子裡塞禮物之前，就聽說過方九麻子的故事了。對於北五省裡的破落戶來說，方九麻子幾乎就像是不定期會來拜訪的家人一般。人間哪兒有不平之事，他一定會來整治收拾，給缺吃缺穿、缺花缺用的小老百姓帶來無限遐思和希望。

誰不想見方九麻子？誰不夠窮、就不想見方九麻子，因為不夠窮就要等著捱方九麻子的搜刮；誰不夠醜怪兇惡、也不會想見方九麻子，因為祇有醜怪兇惡到一個地步，才不會教方九麻子給嚇著。

一旦我父親告訴我這個道理，我老實了好幾年，絕口不再索討聖誕禮物，直到我明白聖誕老人在別的孩子家的真實身份為止。我父親是這麼說的：「聖誕老人其實就是方九麻子！外國人叫他聖誕老人，咱們叫他方九麻子；很明白的，臉上都是窟窿才算個麻子不？你我臉上都沒有窟窿，祇好說：『剩他一個窟窿子』、『剩他一個窟窿子』，就祇他臉上有，洋人就認得這個，這才叫開的。」

方九麻子的故事很多，事機湊巧，講到飛毛腿，就從飛毛腿這案子說起。話說他在窮人眼裡固然名聲響亮，是條錚錚的漢子。可是在稍有點兒家資地位的人眼中，方九麻子不過就是個敗壞方觀承、方受疇、乃至方維甸這一門清正官聲的匪類。

可親王老太太寢室夾壁一案發生之後不多久，這方九麻子忽然來到保定，大步逕趨制軍府前，自陳於司閽：是總督大人的族叔。門上的也是底下人，打小就聽說過有這麼個劫富濟貧的豪傑，張嘴就是一口跟大人一般無二的桐城話，再加上一臉大麻瘢，自然不敢不接待——不過，免不了還

是要盤問幾句。

方九麻子倒顯著實在，開口便說：「方九半生溷跡下流，惡名昭著，雖說疏財仗義、濟弱扶貧，也是平生一快，可這一向在外風聞：小宮保偶然向人說起家事，總以方九為憾，引為桐城方氏一族之奇恥大辱。我今仍不才無德，願意到制軍台前報效，僅此賤軀殘年，無論是催車趕馬、擔水挑柴的活兒都行，所求者，祇是改過向善，以贖前愆而已。」

這話傳進去，年老的侄子方維甸一聽，大為感動，親自在花廳接見了方九麻子，把手一晤，款款而談，很受他悔過遷善的誠意感動，當下打發了一個內衙會計的差使，一個月開付幾兩銀子的薪資，讓他維持生計。

這方九麻子入署之後，做事十分勤懇，為人更是謙抑自持，內衙、外衙上上下下皆讚譽有加。方維甸自然也十分高興，幾個月之後就給加了俸銀。而他卻絲毫沒有驕矜的意態，辦起事來仍舊從容嚴整，日常出入起居，也絕無尋常官親那些交際應酬的花樣兒。方維甸就不祇是高興了，人前人後都以「九叔」稱呼，可見敬重了。

方九麻子實心任事，照說小宮保應該欣慰有加，不至於終日愁苦了。可小宮保畢竟年紀大了，年紀大的人最喜數落平生遺憾，經常閒時與衙中幕友接談，總忍不住面露鬱鬱之色。

有個人稱王師爺的紹興人，名喚子清，字也澄，號梅庵，都說祇有他明白小宮保的心事。

一日方九麻子與這王梅庵報算內衙開銷，發現

有一筆五千兩的支出沒有領具，也沒有支照記錄，帳面兒對付不上，方九麻子便向王梅庵請教了，還說：「我看這帳務奇怪，便翻揀舊帳覈對。但見去年二、八月都也有這麼一回短缺，少則三千、多則五千，一年就是上萬兩的短絀——制軍為官清正廉明，這是舉世皆知的，一年無端開銷上萬兩銀子，來無憑、去無據，敢問恰否？」

「難得你是個用心思的。」王梅庵嘆了口氣兒、闔上那帳本，道：「這正是小宮保憂心之所在啊！」

原來方維甸的確是個清官兒，每年二、八月的額外開銷，正是他時不時長吁短嘆的緣故。若不開銷，似有難言之隱；若開銷起來，少不得還是得收受些尷尬的餽贈。雖然比起其他的督撫能員，一年萬把兩銀子簡直不成個數目，可對小宮保來說，卻猶如白璧之瑕、麗日之蝕，總覺得是仕途上的一大陰影污跡。

「怎麼說非開銷不可呢？」

「二、八月，是永興寺開山門行薝度之禮的日子。」

王梅庵這麼一說，方九麻子就明白了。這事得回到老宮保方觀承身上說起。

早年方觀承落魄之際，曾經在漕河邊兒上為一名野寺老僧搭救，老僧

原不是甚麼高僧，夢中聽見殿上神佛開示：要到河中去救貴人，此寺將來便可發跡，老僧去了，見有白虎一頭，心生畏懼，還是神佛再三以「香火鼎盛」的願景誘之，才將方觀承救了，還將他薦予京中隆福寺大和尚，也因之而得著個替太后抄寫百部《妙法蓮華經》、轉賜天下名剎還願的機會，如此貪緣得官，方觀承自當報效。

隆福寺發了不說，漕河邊兒上的野寺也跟著成了名剎，叫「普救寺」──光看這寺名就是一個提醒：咱們可是救過貴人的。根據麟廣《湖天談往錄・卷二・方九》所記如此：

> 及公受特達知，不十年，官直隸總督，加太子少保，公諱觀承，世所稱「老宮保」是也。公乃捐萬金修寺，於是闔省官民布施無算；寺僧又善營運，有良田數千頃，跨三邑界，下院數十處，京師永興寺亦下院之一也，富果為通省冠矣。

這裡值得注意的是普救寺已經是一個連鎖店了，非但總店香火鼎盛，跨三縣而擁有無數地產，是以有「下院」也就是理所當然的了，下院者，說他是加盟店也可以，說他是分行也可以，總之會讓人想起星雲大師人間佛教的偉大事業。這還不算佛光普照嗎？

話說回頭，方九麻子聽說永興寺二字，便不吭氣兒了──那是老宮保的恩遇，雖說是加盟店、分行，做人還是要飲水思源，摘果尋根；不能說老宮保報過了恩，傳到小宮保身上就不認帳，這樣也說不過去的。是以二、八月開山門，當然得備辦一份極為豐腴的香油錢，算是布施。

又過了一個多月，方家也好、督軍衙門也好，忽然發現方九麻子與早先不大一樣了，人變得喜歡出門了，每回返署，背上總扛著個大皮箱。皮

箱有的新些、有的舊些，無一不是二手貨，說不上是甚麼好東西，可看起來皮料都是好的，製作手工也都十分講究。問他買皮箱幹嘛？他總笑笑，說：「南方皮貨是名貴玩意兒，北地皮貨便宜，所謂值錢而物堅，我平日裡不出門，一出門就看出這差別，畢竟還是一雙南方生意眼——諸君試想：我年紀也有一把了，跟著小宮保效力辦事，還能幹幾年？要是不打點一門生意，日後回鄉。能有個甚麼了局？」

有這麼一天，方九麻子交代了公事，又見小宮保看來從容悠閒，便上前告假：請准回鄉歸省老母，乞假數月。小宮保回頭想想：方九麻子如今改過遷善，端的是立地成佛，當然應該回家鄉去光耀一下門楣，於是立馬准了，還藉著給方九麻子的娘——小宮保喊奶奶的——治備了許多禮物。

這就說到官場裡迷人的細節了。官人送禮，分許多層次，送家禮講究便不少。除了給自己的爺娘妻兒，家禮不能貴，貴重了划不來；不能輕，輕賤了顯得瞧不起人，也教受禮者沒面子，還不如不送。是以在京當官兒的都有這麼一部算盤，內親如何？外親如何？五服以內如何？五服以外又如何？比方說送字畫，就得裝裱，裝裱不花甚麼錢，可佔地方；裱褙過了的卷軸還得饒上個又長又大的匣子，這就得雇車了。人說某家某戶某老爺打從京師捎了一車禮來——當然不祇一匣書畫——聽起來多氣派？

還有送布疋的，成疋的布料也不一定能值甚麼錢，妙處也在「成車」。稍微肯割捨點兒的，就送家具，那就不祇一車了。京師有專包往各省裡送家具的車行，有要雇車捎禮的進門報個數，三車五車、十車八車，各成套件，都十分完足。送家具也實惠，自凡是家有未婚子女，日後總派得上用場。

小宮保位極人臣，給「九叔」治備十車家具，不算失禮，外帶幾車皮箱——那是方九麻子自己的家俬，也一併由車行包辦運送。祇出車之日，

原本是清早啟程，車伕正要揮鞭打馬，卻教方九麻子給攔下了：「馬後些！馬後些！我還有點兒活要幹。」說完扛出個大包袱來，一抖露，嘩啦拉倒了一地，都是鉦光精亮的黃銅大鎖。方九麻子祇叫了一個貼身使喚了幾年的少年，叫方阿飛的，過來幫手，一人一鎖，按著各皮箱安裝、對號。車伕感覺奇怪，不由得問道：「方才般箱上車的時候兒，看這些箱子挺輕，裡頭有甚麼寶貝麼？」方九麻子笑而不答，道：「小宮保賞了小的家裡一門生意，自然得加鎖維護的。」

這話聽在外人耳朵裡，自然不便再追問：「那是甚麼生意？」而衙裡送行的人一聽就明白，都笑了。話說得很實在；大夥兒都知道：方九麻子準備將來告老之後躉一批北地的皮箱到南方去騰價而售之，這是正經營生，本小利大，自然算是生意。賣皮箱，能不帶把鎖嗎？

可外人不如車伕心急，車伕顧慮的是程途。試想：路程都是既定的，何處打尖？何處放飯？何處歇腳？何處宿店？一程趕一程，從容就路才是正理，如此一箱一箱上鎖，還得對鑰匙，百餘口折騰下來，已經晚了將近一個時辰出發。

這還不算，出發之後，一路之上那方阿飛老吵著鬧肚子，動不動就要

拉野屎，這又是一耽誤，待日頭甩西，浩浩蕩蕩快二十輛大車，不遠不進剛剛錯過宿頭，來至普救寺的門前。車伕還泛著愁呢，這廂方九麻子卻好整以暇地說：「這寺受我家老宮保、小宮保照應多年，咱們就在此地歇息，還省了飯錢、店錢；要是素齋吃不習慣，我包袱裡還有白酒赤肉，可供足下兄弟們一飽。」聽這口氣，不饒說書人絮叨，看官也明白：從前那豪情萬丈的方九麻子又回來了。

前書說過：普救寺是古剎、是上院，住持雖然換過幾個，卻還是當年搭救那老宮保方觀承的老僧及門之徒，如今一聽說來人是「奉小宮保制軍之命，屣衣笥還鄉歸里」這還不快快請進？方丈伺候得用心不說，還派了幾名小僧隨身伺候，喝茶、更衣、卸置行李箱籠。

不多時，忽見一名小沙彌氣喘吁吁地撞進了方丈室，道：「大師父！大師父！可不得了啦！可不得了啦！來的人、來的人，有一個一個叫叫叫——叫『蛋哥哥』！」

方丈一時沒意會過來，正想著，小沙彌給提了個醒兒：頭年兒裡在京師某親王家唱著昇平戲時，丟失了一批金珠寶物，價值連城，九門提督發了海捕文書，四處捉拿，中有一賊，不知年貌名姓，但聽另賊「飛毛腿」呼曰：「蛋哥哥」！

方丈想起來了，也

急了，可偏聽這小沙彌的一面之辭就報官，萬一有個閃失、唐突了貴客，豈不是個飢荒？這麼一急、一憂，不覺冒出三分火來；勉強按捺，再一尋思……有了！方丈連忙加派了幾個年紀大些、身手也俐落些的壯年僧人，緊密監視，看這來人若有任何異動，再報官也還不遲。正差遣著，忽又有一小沙彌來報：「貴客要討幾十張皮紙、一缽麵糊。」

「要這些玩意兒作甚麼用？」方丈問。

小沙彌囁嚅著說：「貴客說要在房裡洗浴，得把窗縫兒糊嚴了，免得有人偷看。」

「此處是佛門淨地，哪個會看他洗澡——欸！且慢！此中必有緣故。」方丈想了想，心頭再竄出三分煙燎，依舊壓抑著，道：「就給他們。」說時轉身又吩咐那幾個壯年僧人道：「你們幾個替他放澡盆兒、糊窗縫兒去，倒要趁一面透月迎光的窗戶安置，皮紙留孔也好、麵糊調稀也成，終歸要看他一個仔細的才是。」

用罷齋飯之後，已經有一撥兒先行回稟：看見那麻子自備酒肉，夥著那個給喚作「蛋哥哥」的少年、還有十多個車伕，正在偏殿廡下痛快吃喝，五魁八馬地划著酒拳呢！這讓方丈又增添了三分焦怒，不時地在室中來回踱步——看樣子，已經忍無可忍、待無

可待，幾度欲抬手喚人，強強止住。

又過了一個多時辰，終於有了回音。幾個好事的分別從四面窺看，所得景況皆同，人人都看得、也聽得一清二楚：那麻臉的在澡盆裡打水洗浴，一邊洗著、還一邊拿支拔豬毛的小鑷子向腿上一根兒一根兒地拔腿毛，一邊兒拔著、一邊兒還抱怨著——抱怨誰呢？還是那毛：

「都是你這小東西作怪！害得爺名播全省，如今竟無立錐之地！誇下了海口要進宮見見皇帝爺爺皇后娘，恐怕也不能如願了。可你這小東西居然還一日長似一日！嘻——」

方丈豈須遲疑？最後那一分忿忿的怒火也來不及鼓燒了，登時派遣寺僧悄悄馳馬而出，逕赴在地縣衙通報，亟言「大盜『飛毛腿』、『蛋哥哥』者今在寺中，看似天明之後，即有啟程出省的打算。」縣衙裡一旦風聞這種巨案要犯落在地頭兒上，第一個想著的就是一條升官發財的通天大道，這還有甚麼好猶豫的，即刻派出眾兵役，將普救寺團團圍了，四鼓時分，一干布置就緒，撓鉤繩網俱全，捕頭一聲令下，可說是不費吹灰之力就把方九麻子、方阿飛、外帶十多個車伕一舉成擒了。

回到衙中，縣令親自鞫審，方九麻子祇說不知道究竟是怎麼一回事，也沒說過甚麼腿毛之類的言語。擼起褲管一看，兩脛潔白無毛。至於那支鑷子——根本找不著甚麼鑷子。倒是車伕身上有憑有證：保定府某市某衢某字號，受總督衙門雇傭，自署出行，要往安徽桐成省眷，大車十五輛在數，所運貨物詳細清單另由督署出具。

方九麻子是小宮保身邊的人，要證明起身份來，自然更方便了。不過這樣一審、一盤、一查、再向督署一尋問，是否有方九麻子、方阿飛等雇

車回鄉省親事——有。底下州縣小吏，哪裡還敢多問甚麼？拍拍屁股回報：方九麻子是叫普救寺僧給誣陷的，殆無疑義。

縣官兒當然一改辭色，立刻大張筵席，私送了好幾百兩銀子給方九麻子，拜託他不要將此事向府裡、甚至省裡回報。方九麻子拒絕了那幾百兩銀子，說：「方氏一族自老宮保以下，是『兩浙再停驂／一門三秉節』的門庭，我身為一個下人，怎麼能夠拿大人這樣的賞賜——這，於大人、於敝上，都是不敬啊！」

「難得方九先生風義如此，真是世間少有啊！」縣太爺豎起大拇哥兒，直誇不停口。

方九麻子這才正色說道：「祇不過普救寺僧人如此誣枉，應該有其緣故。小人清譽無礙，倒是制軍大人這十車家俬——尤其是裝盛細軟的那十幾口箱子，已經在寺中貯放三日，小人著實放心不下！」

這沒難處，差人搬了來就是——搬了來，讓方阿飛一一對鎖開鑰，方阿飛愁著眉、苦著臉，回報道：「鎖孔兒給人扠搭過，扭了芽兒了，鑰匙開不了了！」

縣太爺找來鎖匠一驗之下，果然所有的皮箱子都經人用小鑿鑿開過。鎖匠又花了半天功夫將各箱一打開，裡頭竟然都是些印有京師永興寺字樣的經卷、以及

破爛袈裟。永興寺，不是這普救寺的下院麼？督署裡，怎麼可能有這種東西呢？有甚麼樣清廉自持的一位方面大員，也不至於千里迢迢地托運這種東西回家鄉罷？

這是一案之外、又生一案，原告成了被告。看官可以揣想：給惹下這麼大一個麻煩，那普救寺方丈還有甚麼話可以申辯？他祇能低聲下氣地跟方九麻子說：「施主您說罷——該怎麼辦？」

方九麻子緩緩從衣襟裡掏出一個摺疊得整整齊齊的紙方來，遞給那寺僧，道：「大和尚！車伕那張單據上寫得明明白白：所運貨物詳細清單另由督署出具。清單在這兒哪！」

方九麻子想要些甚麼好帶回家孝敬母親的，都已經寫在上面了。這些東西都很輕、很小，俗謂「細軟」，細軟十分值錢。旁人當然會以為那是小宮保的家當，值個五萬、十萬兩銀子的也不令人意外。

至於「飛毛腿」，方九麻子根本不認識他。而「蛋哥哥」，也根本不是人名兒，是形容詞「濕答答」的意思。倒是王梅庵，待方九麻子銷假歸來之後收到了一張五千兩的銀票，方九麻子不說是怎麼賺的，王梅庵也不問，心下知道這是為了彌補方九麻子經手永興寺的那一筆帳目。於是收了，歸帳，與方九麻子相視一笑。

拾伍、插天飛 _{狡詐品}

拾伍 插天飛

——狡詐品

　　先說下：今兒故事裡的人物有好幾個是說書人瞎編的，為什麼今回兒要瞎編呢？因為故事裡頭有個矬瓜，是說書人的祖上，說書人從來當不上孝子賢孫，祇能姑隱其名，替這位老祖宗留一個面子。

　　先說一段兒閒話。去歲有某大學畢業生自謂精通麻衣相法，每觀報紙雜誌電視節目見有貴人聞人要人富人之鬧緋聞者，皆不出一相：右眼角有三條魚尾紋。此子據此稍事跟監，往往略得蹤跡，便修書致電要之脅之，欲張揚之。貴人聞人要人富人輒花錢消災，以求息事寧人。每宗交易，自數十以至百萬元不等，何其壯哉？說書人不免贊之曰：「此豈插天飛之苗裔耶？」

　　插天飛就是方九麻子故事裡的方阿飛。方九麻子在京師立下一次又一次劫富濟貧的豐功偉蹟之後，待小宮保方維甸辭世，他也就告老返鄉，從此不問世事，頤養天年不說，還調教出這麼一個徒兒來。幾十年之後，乃有方阿飛的世界。方阿飛，外號人稱插天飛，是因為總逮不住他。關於他的外貌，說書人祇在《清朝野史大觀・清人逑異・卷下》裡看到一點點兒：

　　其貌方頤廣顙，美鬚髯，望如天神，學問賅洽，熟諳宮廷掌故，有徒黨數十人，周流各省，專伺查地方大吏以取財。

　　甚麼是「專伺查地方大吏以取財」呢？就是以今天俗稱的狗仔手法，貼身密探；一旦偵知奸宄，就登門稍示諜報，藉以恐嚇取財。

　　話說有個河南巡撫，叫和舜武，因為上奏言事，把嘉慶君給觸怒了，原本不是甚麼大了不起的不愉快，可和舜武這個和字，明明是漢姓，偏讓皇帝想起十多年前他初即位時殺掉的和珅來，丟下了一句：「和珅那老奸邪真是陰魂不散哪！」這話讓小太監聽見了，輾轉流出宮禁，成了個可以賣錢的「關節」。這「關節」是：「皇上正愁找不到題目要摘河南巡撫的

頂子呢！」

　　和舜武駐節祥符縣，離京師不算太遠，稍稍也聽聞了些，可抽調出先前上奏言事的文稿，怎麼也看不出自己的錯在哪兒。終日惴惴，還不時派遣幹練的探子四出打聽究竟。

　　這一天有了諜報：說是打從京師裡忽然來了好幾十口子人，付了一筆極其優渥的租金，把城外法門寺給「包」了。這可不尋常。

　　和舜武在官場上也不是一天兩天的了，一聽說這場面，心就涼了一半兒──舊日在京當差，屢屢聞聽人言：皇室貴戚之出京微行者，幾無例外，都是住寺院。一來圖個清靜，住在寺院裡，也不興許同地方官紳酬酢往來，如此可避交接外官之嫌。二來蹤跡不入市廛，也是安全上的考量。當年乾隆爺下江南之前，有某王先行探路──謂之「掃躂」；這王爺愛喝酒嫖妓，出京之後簡直如魚得水，一路之上狂嫖濫飲不說，還一再與小民衝突，給打得遍體鱗傷，回京覆旨之時伏地叩首不敢抬頭，皇上命其仰視，不得已揚了揚臉，皇上看他滿面淤青，不覺失聲大笑，道：「照這個傷勢看起來，你可給朕開闢了幾千幾萬里的疆土哇？」原來乾隆早就派人一路之上密訪其形跡，早已得此情實，這欽命抬頭，根本就是打著要窩囊他一下

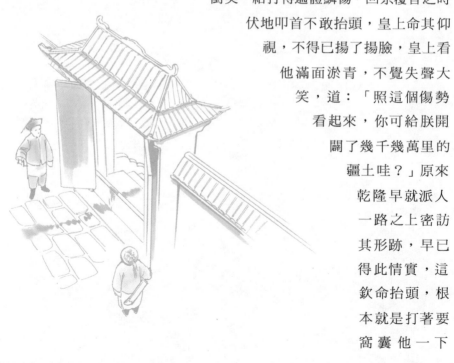

的。此王日後有了個諢名兒，叫「殺千里」。

京中來人，包租寺院居住，如此大手筆，已屬不尋常。更叫和舜武擔心的是這批人的來意。因為來的，都是男人，沒有一名女眷。換言之，這決計不是親貴私家出遊，而是公幹。也是作賊心虛，和舜武總覺乎著人家是衝他來的。這該如何？當然是「瞷人者人恆瞷之」，巡撫大人也派了兵丁差役，換做百姓服色，每天早晚來來回回、不停地穿梭過寺，務使無滴水之漏，不但要知道來人的底細，還得查探來人到底想要打聽甚麼底細。

匆匆過了五、六天，祇知道這一批人終日閉門禁出入，僅僅於拂曉前後，打開寺門，不過容身寬窄，才通一擔出入，有挑水的、有擔柴的；有僧眾，也有的高大健壯、望之可知是改扮百姓的軍人，後者一個個兒口操京語，且神氣肅颯，步履端嚴，比起地方上習見的兵勇又高明了不知凡幾。

這幾天下來，不祇是和舜武派出去密探回報得其情實，整一片祥符縣的老百姓也喧騰開了：京中有皇親國戚微服私訪，看來是跟之前打從宮中小太監嘴裡傳出來的那「關節」是有干係。

群眾的猜測大抵如此；畢竟謠諑既無根源，又無去向，往往捕風捉影的內容，恰與聽者所預期者極為相近。在麟莧所撰寫的《湖天談往錄·卷二·祥符貴肯》中詳細記載了一個當時的傳說，居然直接挑明：來者的確是為了羅織巡撫大人的「墨跡」而至，謂：

> 星使已易服為僧眾，藉樵汲之便出寺入城，假作投牒掛單，溷跡於城中諸寺廟。至夜乃易俗裝、帽後襯假辮髮，出入市肆，廣蒐和撫任內勾當幾許、手段如何？

試想：一個方面大員，在任內無論如何清廉，總少不了送往迎來；無

論如何慈恤，也總免不了秉公得罪。祇要有那想來羅織的，則麟廒有兩句漂亮的形容：「墨跡從天而降，不少生動自然！」和舜武不敢掉以輕心，立刻督促祥符縣令：無論如何，得在三日之內查問出來者身份、來意，否則先問這首縣一個辦事不力之罪。

祥符縣太爺叫郝廉生，得令時已是薄暮了，仍舊不能怠慢，親自易裝，前往法門寺勘查。遠遠觀望了一陣，忽見有人踅出來了，狀貌又與先前所見的壯夫力士顯然不同——看他身形佝僂、老態龍鍾，步履倒還便捷，祇是怎麼看，怎麼覺得不順眼；再一細忖，想起來了：這人嘴是癟的、唇上頜下不見一根兒鬚毛，咳唾聲細如蚊蚋——他、他、他竟然是個太監。郝蓮生急急忙忙跟隨定了，見那老太監手裡還提拎著一只腰長嘴細的大銀壺，同他錯身而過人的都不免回頭厲顧，想要多看個一、兩眼——因為畢竟沒見過那麼個長相的壺。

縣太爺一路尾隨入市，見人家是去沽酒的。買賣一場，除了問價之外，一個閒字兒沒說出口。郝廉生見壺裝滿了，假意敬老扶弱，上前攙拉，老太監正色拒之，仍不發一言。回程腳步更快，轉眼之間就飄然入寺。之後山門深掩，蟲鳴寂寂，郝廉生這頭一天出勤，算是撲了空。此景此情，一連兩日，急得縣太爺還差一點兒掏錢要給代償酒貲，老太監總還是不吭一聲。

眼見這一回沽了酒又要進寺中去，閉門不出，則盡日枯守之工豈不白耗？再看對方頹耄恭謹的模樣兒，郝廉生猛可想起一計，當即飛身上前，趁那寺門將掩未掩

之際橫肘一架，格住了，同時高聲喧嚷起來：「法門寺乃是佛門清靜之地，奈何有俗家人沽酒而入，看來裡頭嫌疑不小，我倒要問問方丈大和尚：招納俗家丁壯陪飲——這，究竟是八萬四千法門裡的哪一門兒？」

這一招居然奏效，老太監果然流露出驚惶恐懼之色來，索性跨檻而出，以身護門，盡力要壓抑辭色地說：「你不要在這兒喳乎！知道裡頭住的是誰麼？」郝廉生當然打蛇隨棍上，趁勢昂聲答道：「我管他裡頭住的誰啊？住的不是神佛菩薩比丘沙彌麼？怎麼還住著個酒徒呢？」

「你不要命啦？」對方終於也高聲制止，有些迫不及待要打發人趕快離去似地又轉低聲：「是大阿哥！奉旨專為查賄案來的！驚動了鑾駕，我看你拿幾頂腦袋來贖！」言罷不停地倒揮指掌，意思很明白：這是勸人逃命去。

正待回身，厚重的山門又「咿呀」一聲開了，老太監勉強鑽出半頂腦袋來，一臉蒼白灰敗，額角上還滲著一顆顆晶晶瑩瑩的汗珠，道：「我跟你說這些是為你好！上意不可測，你可千千萬萬別把我說的給張揚出去啊！」交代完，一縮頭，門又立刻關上了。

　　郝廉生所想要知道的情報也足夠了，登時回縣，逕詣撫署，向和舜武回稟所得。和舜武還是心有不愜，追問道：「查誰的賄案呢？還有，『上意』不可測，說的不是皇上麼？可來的不是大阿哥麼？」

　　郝廉生雖屬下僚，直覺到事不關己，反而冷靜得多，遂道：「撫台大人，不論查誰，到了祥符縣而不向撫台衙門問訊，斷非好音哪！至於這『上意』麼──」

　　「『上意』怎地？」

　　「單憑這兩字，就斷斷乎可知：來的還真是大阿哥。」郝廉生說。

　　和舜武轉念一沉吟：可不？正因為來人所銜者乃是事機極密的欽命，為了完差，自然要實心辦事；但是也正因『上意』不可測，連大阿哥都不知道自己身邊或身後是不是會有另一撥兒瞷伺的人。深諳此一時脫口之言，老太監情急之下迸出「上意不可測」之語，反而顯示了一個背景：「上意」之中有一點是可以測得出來的：不惜讓大阿哥都覺得風聲鶴唳，則意味著皇上非要查出那行賄之人的真贓實據不可。

　　到了第二天一大清早，但見自巡撫以下闔省司道府員乃至於首縣縣令穿戴得整整齊齊，僕馬輿從具備，一片光鮮，如臨盛典。這行列森嚴，部曲講究，真還如同前朝乾隆爺下江南之際自京師南下那一路之上的風光，要說有甚麼不同，就是諸官吏僚員臉上的表情了──這一回，好像人人都擔著極大的心思似的；這心思，最窩囊的是沒有誰知道：來請見大阿哥有罪過呢、抑或不來請見有罪過？可無論是甚麼人上前叩門，皆無回應，但聞大門之中、庭院之內一片鞭扑、哀嚎之聲。那哀嚎的聲音柔細如蚊蚋、又似老嫗，聽口音，似乎正是前兩日出門沽酒的老太監。不多時。鞭聲停了，喊聲也戛然而止，接著是一人厲聲呼喝道：「找條活水給扔了去！」

　　又過了片刻，山門照舊「咿呀」一聲開了，這回開得比前兩天稍稍大了些，裡頭出來兩名勁裝侍衛，一人拖著一條腿──仰面而出、渾身一片狼藉血污的人攣屈佝僂，郝廉生一望而知：就是那個老太監。守著撫道大

員的面，活活將人打死，這——除了大阿哥，誰有這個膽呢？可那二侍衛抬眼瞥了瞥眾人，如渾然不見一物，將屍身扔上一匹騾子，另一人策馬過來牽了騾口的韁繩，揚長而去。

這一個進門時頗不尋常——似乎不閉遮遮掩掩了，索性刻意將山門大推一開，門外諸人趁此向裡一瞄，有人嚇得尿濕了褲子：裡頭滿地血跡不說，有那身著羽林軍服的壯士正在潑水清洗，似乎也不避諱有人觀看，再往裡，站著一排身罩黃馬褂、頭戴珊瑚冠、帽後孔雀翎的大員，其中一個生得十分體面，天庭飽滿、地閣方圓，鬚髯極美，看上去就彷彿畫上走出來的神仙一般，這人站在庭院深處，身旁即是石階，石階盡處自然就是大雄寶殿了，此際殿外廊廡之下設了一把金漆交椅，璀璨光明，簡直令人不敢逼視，金交椅裡端端嚴嚴坐著個華服少年，正微微偏著頭、交代著甚麼事情。身穿黃馬褂的大臣遠遠地看這廂巡撫已經跨門而入了，似乎沒有阻止之意，反而舉起了左手，像是示意這和舜武依他手勢行事的樣子。和舜武立刻撲身跪了，緩緩膝行而前，才沒幾步，又教那穿黃馬褂的抬手止住，朗聲說道：「爺在這兒了，可以行禮了。」

和舜武連忙向後退出，重新集聚了行列，簇擁著再進了山門，跪叩一番，穿黃馬褂的緊接著說：「地方官吏都辛苦了，都回去了罷。」

這時，金交椅上的少年忽然說了句甚麼，接

著打了個呵欠，穿黃馬褂的又道：「爺明日回京，諸位不必再來了。」說到這兒，朝和舜武一點頭，意思彷彿是：你可以領著人滾蛋了。

　　和舜武二話不敢說，連滾帶爬地離了法門寺，回到祥符縣城裡，趕緊召集商民之豪富者，齊集衙署。主賓紛紛坐定，並不見禮，和舜武看一眼眾人，開門見山地說：「儘一日之內，可以籌到多少金子？」

　　問金不問銀，自然有學問在裡面。其一是銀兩為官銀，明白納銀孝敬大阿哥，既不合法制，也有點兒滑稽──有哪個家奴能夠將家中器物捧了奉送家主人為贄敬的呢？再一說：為數不多，非但不算孝敬，反而是難堪了；但龐大的白銀，你教大阿哥如何載運回京呢？明白招搖過市，看見的說大阿哥出京搜刮銀子去了，這像話麼？

　　如果是金子，就很不同了。金價在明、清之間，有起無伏，其間的確有很大的落差。明洪武八年造「大明寶鈔」，每鈔一貫千文，折銀一兩，四貫易黃金一兩。洪武十八年有了第一次變動，金一兩可換銀五兩。到永樂十一年，金價二度起漲，一兩金可換銀七兩五錢。到崇禎末年，金價一路騰貴，差不多要十兩銀子才換得了一兩金子了。入清之後，一直維持在十多兩銀換一兩金這個價位，乾隆時金價陡地又長了一番，最貴可以到二十好幾兩銀子換一兩金子。嘉慶、道光年間，金價至少維持在十八、九到二十一換之間。同樣的價值，體積、重量差了十幾、二十倍，價質感自然非常不同。

　　其實和舜武打的主意就是大家湊一湊，包滿一整箱黃金，號曰萬兩，一車裝行，既簡便不惹人耳目，也很算盡到了禮數。

　　一個叫劉之豐的說：「多給個兩天，要幾萬兩都不難。祇一天，就不容易湊了──這黃金不比白鏹，白鏹到處都是，無論要多少，即便是一日，也湊得來；可大人祇給一日、又限黃金，這──」

　　另一個是開骨董鋪子的田安柱──此人日後大大地有名，曾經以私人之資僱請了一批（據說是盜匪出身的）江湖人物，請這批人打從太平天國諸王手中盜寶，使許多流傳了上千年的古器物免於兵燹、得到保全。這田安柱當場拿出一塊瑪瑙來──據說光這一塊就有千兩銀子以上的時價，說：「我捐這塊瑪瑙！」

　　劉之豐身邊還有個漕幫裡的舵主，資望高、家道殷實，很有些個人

望，此人姓盧，單名一個鼎字；在祥符縣，身上沒有官服的人裡，就他一說話，大小事都算是定局了。此際他看一眼田安柱，說：「大阿哥不少這塊瑪瑙罷？」這話明白著是損，可也的確指出了癥結所在：大阿哥要甚麼沒有？這種胃口不是給多給少才夠的問題，而是怎麼給才不失禮？零著募，甚麼值錢的玩意兒募不來？可募來了，東一片寶石、西一枚金珠，離離落落，到像是在打發要飯的。盧鼎的片言提醒要緊，眾人一時噤聲不語，都在想著。

就在這個時候，一個下城坊的吳頤文說了話了——此人是地頭上的一張「老面皮」了，世代幹的就是富貴、皮肉兩窯子的營生，不算甚麼高尚人，也沒有說話的資格。可縣太爺郝廉生找了這等人物來，自有他的用意。一聽到這兒，他大概明白了諸位貴人的困境：時間太短，數額太大；要募得多、就募不齊潔，要募得齊潔、就湊不上數。

「花姑娘的東西嫌棄不嫌棄？」吳頤文低聲問。

「你自凡是拿得出來，誰敢嫌棄？」另一個不知甚麼人說。

「那好！我有。」吳頤文終於找到個可以出頭的機會了，有如富貴窯子裡出「豹子」那樣聲震屋瓦地喊了一嗓子。

原來當年有個十二歲出師的清倌人，能彈弦子兼唱曲兒，還能與那些個喜歡附庸風雅的文人、官爺填填詞、譜譜新歌、打個詩鐘甚麼的，色殊有才藝，當然自恃甚高，不肯輕易許人。

有一回，清倌人看上了個才貌兼備的小郎君，才點上大蠟燭，不料這小郎君原本是有妻室的，兩個人假鳳虛凰做了一個多月，終於被元配帶人一路打了來，將小郎君押回家

去不說，還把這多情的花姑娘打了一頓，額頭中間留下了個傷疤，遠看似愁眉，進看更覺心事一股腦兒打從眉眼之間浮出，從此惹人疼惜憐愛的程度，更十百倍餘前，號「愁仙子」。

愁仙子從此不愁生意，而且斷了情念，生意便益發作得專業了。她有一個斗櫃，分好幾層兒，金飾的歸一層、玉器的歸一層、帶針帶鉤的歸一層、成條成塊兒的也各有區分。客人去了，有甚麼賞賚，她隨手拉開斗雁，向裡一扔，還聽得見空雁迴響，可見寂寞。直到有一年這花姑娘忽然病死了，老鴇子才道出真情：那姑娘生平所儲貯的奇珍異寶，價值不斐，尤其是金子，早就倩工秘密鎔鑄，給燒成一方大金磚，就鎮在那花姑娘生前睡的床底下。

有宵小曾經試著想把這床搬開，將金塊挖出來，每試一回手，都要斷送一條性命，有攀牆折斷了脖頸的、有搬床扭斷了腰身的、還有一人死得最稱離奇，他祇是經過這愁仙子的窗下，就莫名其妙地氣痰上湧、窒息而死。仵作一驗，頸間漸漸浮起一條紅痕，老鴇子一看，不覺掉下淚來：死者真是冤枉，他只不過長得太像當年那沒有肩膀的小郎君了。

就因為陰靈太凶毒，多少年過去，都沒有誰敢造次、把那塊大金磚挖出來，這倒反而成了下城坊曲院紅樓的一個話柄。一塊跟床一樣大的大金磚，保佑姑娘們勿為情所迷、勿為意所遷──畢竟，男人有了錢一定會變壞，女人變壞了一定會有錢。吳頤文的建議就是將這大金磚獻了，值多少，再慢慢兒跟鴇母算帳。金磚挖出來，有尋常一口棺材般長寬，其實厚度僅約寸半，也足教人咋舌不已了。

第二天黎明之前，自巡撫以下闔省司道府原乃至於首縣縣令穿戴得整整齊齊，僕馬輿從具備，一片光鮮，如臨盛典。這行列森嚴，部曲講究，

真還如同前朝乾隆爺下江南之際自京師南下那一路之上的風光。要說跟前一日又有甚麼不同，就是終於等到這法門寺開山門的一刹那，眾官員齊齊拜倒，充滿了奮發圖強的精神、充滿了伺候得體的自信。那一塊大金磚已經連夜運入寺中，至於誰收的？怎麼收的？收到之後有些甚麼允諾？照說這大阿哥離開之前一定會有交代，起碼也會給個暗示。

這時但見寺中緩緩催出些馬匹、騾驢，各自套齊車具，旁觀眾人祇能紛紛猜測：愁仙子那一塊少說也有個萬把兩重的金磚究竟放在哪一輛車上？到末了，大夥兒都等得不耐煩了，才猛裡看見前日那穿黃馬褂的大官兒從行伍前頭策馬回頭，遞給和舜武一個紅籤黃皮紙封兒，低聲道：「爺有親筆謝帖，當著人不要看，家去拆了細讀意旨！」

和舜武奉命唯唯，祇見這幾十口子人馬忽焉就滾進了漫天撲地的埃塵之中，其神駿秀雅兼挺拔，果真是皇室風範。為之讚歎了不到一個時辰，巡撫衙門裡傳來一聲慘厲的吼叫——是和舜武，他恭恭敬敬地打開上頭寫明「諭 河南巡撫 和」字樣的紙封兒，發現裡頭歪歪斜斜寫著兩個大字、三個小字：「領謝 插天飛」。

拾陸、潘鼓皮 薄倖品

拾陸 潘鼓皮

──薄倖品

　　有個農家子，姓潘，叫鼓皮，自幼體弱多病，眼看不是個能挑起一家農事的料兒，潘家父母就盤算著：這鼓皮有朝一日是要成家的，遇上田裡多事，應付不過來，一家都得餓死。不如送他到市裡跟著他開藥鋪的叔叔學做生意；這廂合計定了，第二天就把鼓皮拉到市裡去了；這年鼓皮才十二歲。

　　鼓皮的叔叔叫潘二，也是從小跟著師傅學抓藥，二十年辛苦不尋常，才出了師，勉強湊了點兒本錢，自己開得一爿藥鋪。潘二喜歡喝酒，每日裡都會打發鼓皮上對門兒丁屠戶家沽酒。丁屠戶每天天不亮就要出門殺豬去，得到近傍晚時分才回家，還在自家樓底經營起另一門沽酒的生意。兩份勾當，日子過得自然寬裕，不幾年就討了房一十六歲的媳婦，比丁屠戶整整小了十八、九，貌美如花，為人也精明幹練，沽酒生意將與她來作，在櫃上打點出納，風情萬種，幾年下來，丁屠戶就很有幾分發跡變泰之相了。

丁屠戶的媳婦兒人稱「忍娘」，花不溜
丟個女掌櫃，怎麼叫「忍娘」呢？據那
給取這諢號的周大麻皮說：這裡頭
是好幾個意思。一個說的
是她年少有風致，卻嫁
給丁屠戶那般愚魯粗傖
的漢子，不著一個
「忍」字奈何？二一
個說的是上門打酒的
主顧見著她，無不目
眩神馳，水酒未及下
肚，簡直已經醉了，要
想不風言風語的挑一挑
她，還真得有一番按捺
隱忍的功夫。這三一個

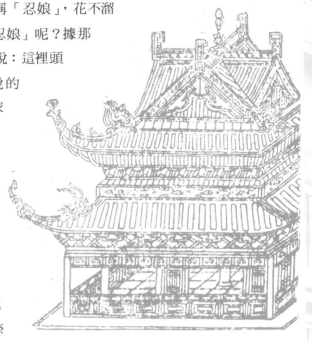

說的便是忍娘的身子了——別說忍娘面如玉、膚如脂、體態婀娜、韻致娉
婷，一身飽滿晶瑩的水勁兒，望之便是個能生育的豐滿之相，可自從下嫁
丁屠戶三年之間，竟連一點兒消息也沒有；這忍著不生，也是「忍娘」之
稱的一番意思了。周大麻皮是個賣燒餅的，可這個諢號取得得意，因為人
人都跟著他喊「忍娘」。

且說藥鋪鼓皮這孩子日日前去沽酒，也隨著街坊們喚「忍娘」，忍娘
不但不以為意——興許是鼓皮生得唇紅齒白，人也伶俐可愛的緣故——還
與這孩子頗為投契。鼓皮來沽酒時，總多打幾合與他。這樣往來，忽忽就
過了幾年。鼓皮長到十六、七歲上，長身玉立，是個模樣俊俏的小夥兒
了。潘二還沒喝死，依舊讓鼓皮日日前去沽酒。

這一日藥鋪無事，到了未時前後，潘二身上的酒蟲就鬧祟起來，囑咐
店夥「上門」，又喚鼓皮到對面兒「打幾升回來」。鼓皮到對門兒上，交發

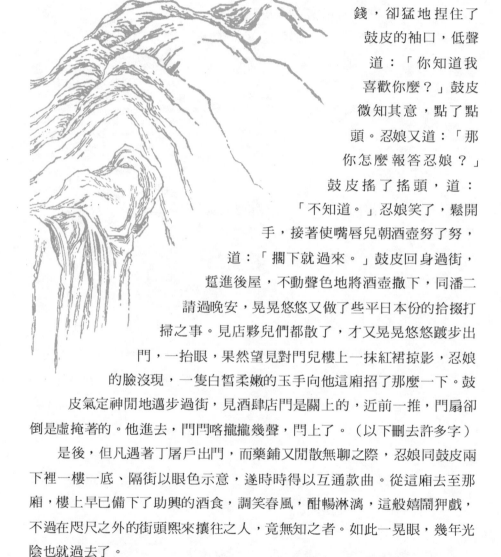

了酒錢，那忍娘接過錢，卻猛地捏住了鼓皮的袖口，低聲道：「你知道我喜歡你麼？」鼓皮微知其意，點了點頭。忍娘又道：「那你怎麼報答忍娘？」鼓皮搖了搖頭，道：「不知道。」忍娘笑了，鬆開手，接著使嘴唇兒朝酒壺努了努，道：「擱下就過來。」鼓皮回身過街，踅進後屋，不動聲色地將酒壺撤下，同潘二請過晚安，晃晃悠悠又做了些平日本份的拾掇打掃之事。見店夥兒們都散了，才又晃晃悠悠踅步出門，一抬眼，果然望見對門兒樓上一抹紅裙掠影，忍娘的臉沒現，一隻白皙柔嫩的玉手向他這廂招了那麼一下。鼓皮氣定神閒地邁步過街，見酒肆店門是關上的，近前一推，門扇卻倒是虛掩著的。他進去，門閂喀攏攏幾聲，閂上了。（以下刪去許多字）

是後，但凡遇著丁屠戶出門，而藥鋪又閒散無聊之際，忍娘同鼓皮兩下裡一樓一底、隔街以眼色示意，遂時時得以互通款曲。從這廂去至那廂，樓上早已備下了助興的酒食，調笑春風，酣暢淋漓，這般嬉鬧狎戲，不過在咫尺之外的街頭熙來攘往之人，竟無知之者。如此一晃眼，幾年光陰也就過去了。

這一天正逢中秋，藥鋪是不下門的，店夥兒們商議著夜晚出城郊賞月，也邀了鼓皮同往。不意行至中途，忽然天降大雨，店夥兒們一哄而散。鼓皮還是那麼個德行——晃晃悠悠地踅回來，已經晚了。才到門首，

發現舖門扃鎖，想打門，又怕擾了潘二，要受責罵；正百般無計之間，回頭卻瞥見對過樓上的忍娘開了窗，朝他一笑，昂了昂下巴。鼓皮見四下無人，壓低了嗓子問道：「屠戶不在麼？」忍娘搖搖頭：「下鄉買豬去了。」下鄉是趟遠路，屠戶趕著大中秋出門，當然有他的道理：過節下，鄉裡人打從一大早就喝喇嘛了，不大有誰願意花精神討價還價，於是逢著秋節，屠戶總趁上半夜出門，趕到鄉裡挑了牲口，喝他半夜的酒，回程正是天濛濛亮的時分，到集裡殺了豬，溫肉鮮血，一早就打發完生意，再回家睡它個一晝夜。這算計卻給了鼓皮和忍娘小倆口兒一個密戲終夜的機會。不消說，鼓皮晃過街去，推門而入，門閂又喀攏攏地閂上了。

可別說事兒有多麼活該——路上碰著了一場大雨，丁屠戶人已經到了鄉界，可盤算盤算腳程，去至賣家已經得晚，這雨要是一路下到天明，他還得頂雨踏泥地把牲口趕回市上，想想太辛苦，不如回頭。這一下可好，樓上一雙人物正睡得一枕香甜，樓下打起門來了。鼓皮可嚇壞了，還沒想出個甚麼應付的法子來，忍娘卻道：「不慌！屠戶在，這屋裡向不掌燈，你且藏到門後頭，待我把屠戶服侍上床，他一趴下，我便替他揉背，你聽聲兒閃出門去，下樓出了大門就沒事了。」

那丁屠戶不是甚麼乖覺的人，果然一進門兒就吵嚷著乏了、累了，忍娘攙扶著上樓，底下大門兒照例虛掩起來。待屠戶一上床，鼓皮便閃出身去，算是逃過了一劫。可就算出了那廂的門兒，還是進不了這廂的門兒。無奈之餘，祇得將就著在屋簷底下站著，想是捱到了天明，有其他的店夥兒來下門時，便可以溜回去了。且看簷前滴雨打頭，益發淒冷不說，鼓皮叫這雨水一澆淋，突然想起來：唉呀！方才走得匆忙，自己的那頂帽子還擱在忍娘的床頭呢；這——就算捱過一夜，到黎明之後，天光大亮，丁屠戶再怎麼瞎、也定然看得見那頂帽子呀！

　　正躊躇著，眼前一亮，對過樓上紅影一抹，衣袂飄然，是那忍娘又從窗口向他擺手了。看光景，她的意思是丁屠戶已經睡下了。鼓皮連忙指指自己的腦袋，又指指對面兒的樓窗，再招了招雙掌，繼之，又用兩根食指朝地下狠狠比了比——意思不外是說：我的帽子在你樓上，你快扔下來給我。忍娘蹙著眉、約略想了想，道聲：「好罷！」回身便去了。

　　不過是拾一頂帽子，忍娘卻去了老半天。鼓皮等得都有些不耐煩了，猛可聽見「豁浪」一聲響，對面兒樓下的大門兒卻大大敞開，一身鮮紅的忍娘居然出現在門口，朝他招起手來了。「屠戶不是還睡著麼？你招我做啥？」鼓皮一面上前、一面問道。

　　「已經殺了！」忍娘輕聲答道。

　　「怎麼？」鼓皮大驚失色：「你、你、殺了人？你怎麼殺人呢？」

　　「咦？不是你方才比手勢叫我殺的麼？還問個啥呢？」

　　倆人搶忙拴上門，掌了燈，一前一後上樓入室，果然看見丁屠戶橫屍在床，滿地血污狼籍，屠戶的喉嚨上剖開一條約莫有筷子長的口子，還汩汩漉漉不住地朝外淌著充氣的血泡兒呢。鼓皮回頭尋思片刻，問道：「你用甚麼刀給刺了那麼大個口子？」

　　「不就屠刀麼？」

　　「刀呢？」

　　「擱床底下了。」

　　鼓皮小心翼翼地繞過地上的血跡，就著燈光尋出那把屠刀，回身使勁兒一攮，把屠刀就送進了忍娘的心窩。隨即翻手取了帽子，下樓吹

燈，覷一覷四下悄無人跡，便將大門虛虛帶掩，轉
身踅出長街，一路迤往鄉裡晃晃悠悠地走去。直到下
半夜，才回到了父母的家。家人問其遲來情故，就說
是中秋賞月遇雨，應付過去。這一趟，索性就在家裡
待了下來。

　　且說左鄰右舍都認識的周大麻皮。此人就是給丁屠戶
他媳婦兒起了個「忍娘」諢號的棍痞。此痞不善飲，人也極
慳吝，自然不會上門沽酒，可一旦經過屠戶的門，總要張望一番、調笑幾
聲，算是過足了小人的癮頭。中秋次日一大早，周大麻皮荷擔出門，見丁
屠戶的門是敞開的，內中並無人聲，他細細一回思：昨日向晚時分，曾見
丁屠戶出門，定是下鄉買豬去了——可周大麻皮並沒有瞧見丁屠戶夜間又
回家的一節——於是心頭暗喜：想忍娘那尤物應該尚未起床，屠戶不到晌
午不回，我何不悄悄上樓去挑挑她的風情呢？萬一此姝對我也早有情意，
當下一拍即合，這好事說不定還可以長長久久地幹下去呢？想著想著，便
推開了門，放下燒餅挑子，信步登樓，再按開房門一看——可了不得！
屠戶死在床上，忍娘死在地上，周大麻皮的一雙腳鴨子還不知道是踩在誰
的血裡呢。這一驚非同小可，祇見這周大麻皮三步併做兩步，迤邐歪斜、
格登噗喳衝下樓去，抓起燒餅擔子便朝家奔。棍痞畢竟是棍痞，沒留神他
在丁屠戶大門兒裡留下了好幾個燒餅，還有不多不少、恰恰可以沿路舖到
他家門口的百十個血腳印兒。

　　周大麻皮是在正中午時分給揪進官裡去的，不勝鞭扑箠撻，黃昏之前
就屈打成招了。過了幾天，鼓皮從鄉下回到市裡，店夥兒們紛紛告以這段
新聞，大意是說：周大麻皮因姦未遂，殺害了丁屠戶夫妻，刑訊已畢，也
已然報到京裡，祇待刑部定奪回文一到，興許在不日之內便要就地正法
的。

　　豈料鼓皮聞言之下，微微一蹙雙眉，道：「這事兒是我幹的，怎麼牽
出大麻皮個東西來了呢？」潘二一聽這話，心想必有蹊蹺。連忙上前搗

嘴，道：「休得胡說八道！」鼓皮卻抗聲應道：「這就不是我原先想的了。」

　　說罷，鼓皮晃晃悠悠逕往縣衙而去，來到六扇門前，摑鼓而鳴之，把事情的原委都向縣太爺說了個明白，請太爺放了那周大麻皮。縣太爺問道：「你不怕死麼？」鼓皮道：「死，有誰不怕呢？」「那麼你為甚麼還要出首認案呢？」鼓皮道：「怎好攀個不相干的人呢？那麻皮不也怕死嗎？」

　　你說，縣太爺該怎麼辦？

獅子頭

褊急品

—— 補急品

外地來了個擔醬油的孩子，從前來過一回的，往後怕是再也不會來了。赤桑鎮的人鬨傳：那孩子教屈藥師給吃了。屈藥師為什麼吃人？怎麼吃的人？誰也說不上來。興許是有人先這麼說，問起屈藥師來，他一瞪眼，道：「餓了不就吃了？」這事是得報官的，可礙著是屈藥師，誰也不敢作聲。地保也說：「這是鬧俚戲、開玩笑，別胡扯扒蛋！」

按諸常理，滷一大鍋肉，是得開銷不少醬油的不是？醬油挑子一擔兩籮還擱在土地廟前的桑樹根兒裡，這是僅有的微弱反證——都說要是屈藥師吃了那孩子，怎麼籮裡的醬油都還收存完妥、一瓶兒沒少，也都沒開封栓？地保就是這麼說的。

屈藥師倒渾不在意，一切如常。成天價腰裡別著鶴嘴鋤，背上捆了黃藤筐、早出晚歸地上山裡採藥去，採罷了，就回他那石洞。洞裡頭兩鍋一灶，有時煮草藥，有時煮黃粱，是香是臭，人人體會不盡相同。總之那氣味兒非比尋常，飄散出十里地去，連烏淮鎮都聞得著，也還是有說香的、有說臭的。久而久之，都知道這是屈藥師洞裡的營生，沒甚麼好計較的，誰有個頭疼腦熱的，不也還是得上他那兒去求診治？尤其是金創藥，屈藥師熬煉了一劑粉子，沒別的名堂，就叫白藥，能止血收膿、消腫去淤，即令是讓毒蛇咬著了，一旦敷上那白藥，半天之內就許下田幹活兒。白藥也分兩款，外敷的性涼，沒甚麼氣味，叫涼白藥；內服的性溫，可以醒酒止痢，透著一股特別的香味兒，像是奶娃兒身上的氣息，就叫奶白藥。單憑這兩款白藥，誰也不敢開罪屈藥師。他吃了個野孩子算啥？就算是刨開了哪家的祖墳，把誰的祖宗爺爺

娘給吃了，也沒有人會追究的罷？

　　吃了個外地的孩子這事，最初也是從氣味上傳開的。閒言閒語正議論著土地廟前空著一擔兩籮的時候，不知是誰迸出這麼句：「屈藥師昨兒燒肉來，香著哪！」──應該就是這麼個來歷。

　　那一擔兩籮就這麼在桑樹底下擱了個把月，不忍糟踐東西的鄉人裡總有起頭兒的，有人拾了一瓶兒回家，眼尖的看出來少了一瓶兒，隨後跟著拾。接著就快了，不到兩天，醬油瓶兒都跟那孩子似的，沒了影兒。剩下的扁擔和繩籮還在原處，又擱了幾天，不知是誰嫌那物事礙眼，也搬回家善加利用了。

　　照說此事就算煙消雲散，誰會提起？要有說的，頂多就是那走通海、江川的說書人。說書的每到季節更替之際，總會打赤桑、烏淮兩鎮之間經過，來一回，便在閒空無事的田裡拉開場子說三天的故事，賺半袋米，幾兩油，三頓老酒，百十個青趺錢。他開春兒來，聽說了擔醬油的孩子叫屈藥師給吃了的事；不知怎麼琢磨的，到夏天裡再回來，故事就添加了一個藥師

段子。說他吃了個童男，得道證果，成了飛仙，聽得眾鄉人一陣歡喜，屈藥師也跟著樂，不時抾著一部灰黃的虯髯、點頭微笑，像是接受了說書的祝福似的。

待秋後再來，說書的這一回改了本子，說的是個劍客。據說通海、江川一線之間出了個劍客。這劍客原本是個孤兒，經哀牢山哀牢老祖收在門下為徒，苦練劍術，一十八年而成天下無敵之藝，辭師下山，領受老祖一訣，要「踏遍人間不平事」。這劍客一身青衫、背上跨著白虹劍、孤身一人踹翻了滇南十大萬山三十六洞七十二寨的匪寇，盡發盜產，散濟黎民。

其中尤其是說到了劍客的功夫，可是別開生面——話說那一柄白虹劍能在百丈之外取人性命，這還不足為奇；奇的是殺人的細節，歷歷在目。且看那劍鋒迢遞而來、倏忽而去，所過之處飛沙走石，驚濤駭浪，捱著劍的人渾似無事，還能走上幾步，教風一吹，衣衫盡碎如煙灰，低頭再一瞧，這才發現胸腹之上直楞楞畫下了千百條口子，一膛皮肉便有如垂絲簾子似地全開了綻，裡頭五臟六腑全露餡兒了。

這個故事破了例，一連說了五天，說書的走時扛了一大袋子的米，醉步踉蹌，直說下回早來晚走，還可以留下來喝臘八粥。眾人之中，大約祇屈藥師聽著無趣，直說不如上回的飛仙有意思。

可立冬之後，小雪也過了、大雪也過了，即便是盼到了開春，說書的總不來。穀雨之前幾天，天不亮，烏淮鎮來了個查木匠，逕至屈藥師洞前喊人，屈藥師一身採藥的裝束剛打理齊整，正準備上山，查木

匠道：「藥師，那說書的夜來上我那兒打鬥，一身硬傷，看是不成了，你得跟我走一趟。」屈藥師眨巴眨巴眼珠子，瞧了瞧木匠腰裡的短斧，道：「既然不成了，就是你的活兒了，找我有甚麼用處？」

「就知道你有這話——說書的千交代、萬囑咐，直道：能來他滾著爬著也就來了。卻乎是來不了，他才央著我給捎個信兒，說是非請您走一趟不可。事關烏淮、赤桑兩鎮千把口子老百姓的性命。」

屈藥師回神想了想，一邊卸下黃藤筐，一邊摘了鶴嘴鋤，蝦腰提拎起他那藥箱子，沉聲道：「我可先說下：人要是沒治，我扭頭就走。」

有治沒治一眼就看出來了。說書的渾身散發著一股子和酸混臭的屎尿味兒，躺在一塊剛楔上榫子的棺材板上，人變得長了許多，一看就知道是教甚麼硬力道給扯的，渾身上下自凡是直裡的骨節兒全鬆脫開來，皮肉泛黑，九成是瘀血漫渙所致，眼皮兒耷拉著，嘴裡鼻裡微微還有一絲半縷的氣息，分不清是出的是進的。屈藥師指了指旁邊兒那口空棺，對查木匠說：「得！你把他往那裡頭晾著罷；我就告辭了。」

聞聽有人言語，說書的猛可一睜眼，強撐著道：「是藥師來了麼？」

「閻王還近點兒呢！」屈藥師說。

說書的揚了揚嘴角，算是苦苦笑了個

意思，徐徐道：「我是在綠楊村遭的道兒，好在村兒裡有打這兒去的爺，借了頭老驢，把我給扛來了。我在路上還一勁兒跟那驢說：好不好你上赤桑鎮拐一拐，我有事兒同屈藥師交代，可那驢不聽使喚，這就耽誤了十里地你瞧。」

屈藥師一聽說書的話裡的意思似乎不是求診療傷，倒覺得蹊蹺起來，道：「依我看，你這傷是頭年兒裡就落下的，怎麼不就地找個醫道給看看？」

說書的瞇了瞇眼，想舉起手來，卻祇動了動手指頭，才道：「沒人敢給治啊。」臘月裡還興拄著拐走動動，開了年兒就坐不起身來了，村裡是有慈悲人，說好了替我收屍的，可我成天價躺著，越琢磨就越覺出不對勁兒來，待想通了，連爬也爬不動了。」

查木匠倒是挺捧場，登時應聲問道：「你琢磨出甚麼來？」

「記不記得上回我到這兒來，說了個哀牢山劍客的段子。」

「是是是！」查木匠眸光一亮，連珠砲也似地搶白道：「哀牢山哀牢老祖門下一徒，苦練劍術，一十八年辭師下山，領受老祖一訣，『踏遍人間不平事』，成了一代的劍客，此人一身青衫、背上跨著白虹劍、孤身一人踹翻了滇南十大萬山三十六洞七十二寨的匪寇，盡發盜產，散濟黎民。」

「不怎麼地，」屈藥師淡然道：「不如飛仙的段子有意思。」

說書的嘆了口長氣兒，道：「不過就是個段子唄？可得罪了人。那一日在紫羅灣說這段兒，說罷了散，散罷了有一個人不走，黑燈瞎火的我看不甚清、辨不甚明，問他有甚麼事兒，來人說：『十萬大山三十一洞、六十三寨是個實數，你說有三十六

洞、七十二寨，那麼額外五洞
九寨的匪寇究竟在甚麼地
方？』我本當直說了：咱
們這一行是說閒道故、巷
議街談，說書的我東家聽
來西家播弄，夜裡夢見醒時
擺佈，鄉間傳說市上兜售，城裡風
聞渡頭搗故──不就是這麼個轉手貿易麼？

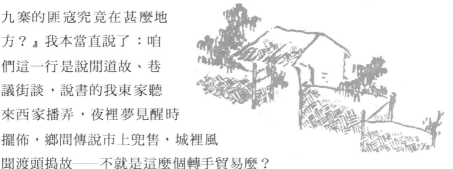

何必認真呢？可當日說的得意，一時不能退興，他這麼問，我偏就指點了
他四方八面兒的幾個去處。那人聽罷一抱拳，道了聲：『多謝指教！』一
回身，人就走了。我兩眼一花──可了不得了，但見此人背後跨著一柄五
尺長劍，藉著雲裡透出來那麼點兒月光，閃閃螢螢、螢螢閃閃，奪目耀
眼，直似透日長虹的一般──正是那白虹劍。」

「他、他、他就是那哀牢山的劍客？」查木匠驚得一吐舌頭。

說書的畢竟是說書的，不說話簡直就是個死人了，一旦說起話來，半
口殘氣兒老在嘴裡漱進漱出，居然端的生龍活虎起來：「之後我再上各處
說書，滋味兒就不對了。在黃花塢，我正說著這劍客的故事呢，忽然場上
一陣崇亂，那崇亂之人給扭住、搯跑了，我也不曾理會；事後才明白：那
人有親眷在白紵汀，無緣無故教一個路客給殺了，那路客殺了可不祇一
人，居然屠了大半個寨子的丁口，行前血書擘窠大字：『踏遍人間不平
事』。白紵汀，正是昔日我在紫羅灣指點那劍客的一個去處。」

「這──」屈藥師沉吟道：「枉殺如此，你的罪孽豈不深重？」

「之後我上綠楊村，不敢再說那劍客的故事，便改說些舊套，不料說
罷了散、散罷了有一人不走，黑燈瞎火的我看不甚清、辨不甚明，問他有
甚麼事兒，那人說：『你說的這吃了個孩子的飛仙，竟在何處？』我可嚇
得登時就尿濕了褲子，不敢說、也不敢不說，祇好又謅了個遙遙迢迢的所
在，他聽罷一抱拳，道了聲：『多謝指教！』一回身，背後還是那一柄五

尺長劍，閃閃螢螢、螢螢閃閃，奪目耀眼——正是那白虹劍。」

「那麼你身上的傷？」查木匠小心翼翼地問：「是那劍客給打的？」

「我胡亂編派的五洞九寨，雖說沒有盜匪，可多是有人居止的，教這劍客去踏遍不平了一陣兒，冤送了不少性命。你們想唄：人總是有故舊戚友的，這些苦主攛串到一塊兒，暗暗跟著這劍客，想找個間際殺他報仇，怎奈他本領高強，一直下不了手，可在綠楊村兒撞上我，還聽見我指點他去訪吃人之人，那可就饒不得我啦！把我扛進田裡，肩膀、肘子、腰腿、膊拉蓋兒、腕子、踝子都扯繩扯索、捆上了犁架，南北東西四方各著一鞭——得，我就成了這模樣兒了。」

屈藥師接著道：「你找了我來，說事關烏淮、赤桑兩鎮千把口子老百姓的性命，我不明白。」

說書的冷冷一哼，道：「莫說你吃了那孩子沒有，自凡那劍客認準你吃了，套句你老的話——『閻王還近點兒呢！』，你一條命冤不冤亦不打緊，倒是烏淮、赤桑兩鎮千把口子日後怕是找不著個醫道了。」

「你倒還有幾分良心。」

「良心是個屁，畢竟也是一張利嘴，葬送了多少條性命。」說書的像是一眼看透了屈藥師的居心，道：「你要是沒吃那孩子，就說沒吃；萬一那劍客有朝一日還是從旁處風聞了甚麼，找上門來，你徒逞著一張硬嘴，枉送性命不說，還連累了往後的病家。」說到這兒，說書的彷彿還是不甘心，勉強撐足一口氣兒，上半身像塊板兒似的彈坐起來，額頭、臉上冒出一顆顆祇在夏日幹田裡活兒的時候才流得出來的蠶豆大的汗珠：「你要是冤枉的，就說是冤枉的，不成麼？」

「有甚麼冤枉好說？餓極了不真會吃麼？」屈藥師臉上沒有一絲表情，就是這表情，他算是替說書的送了終。

清明之日，絲雨無邊，屈藥師沒入山，劍客倒尋了來，劈頭問他：

「聽說你吃了個孩子？」

　　「我聽說了好幾回了。」

　　「有這回事沒有？」

　　「告訴你我是聽說過好幾回了——是有這麼個說法兒。」

　　「我問你你吃了人家孩子沒有？」

　　屈藥師還是那話：「餓了不就吃了？」

　　劍客似乎也為等著他說這話而來，當下緩緩抽出背上鞘中的長劍，道：「又是一樁人間不平之事，幸得某見之，乃有一平！」

　　不料這手無寸鐵、身無技擊之術的屈藥師卻沒有一絲一毫膽怯之意，祇一如平素應對進退的一般，道：「你『幸得見之』？你『見』了個甚麼來？」

　　劍客聞言忽一愣，低眉一轉念，自己的確甚麼也沒看見。

　　屈藥師接著逕自打點起一旁缸裡的白藥來。他用大小兩個木杓分別舀動著細如埃塵的粉末，向缸口半空一、兩尺之處揚灑，任其飄落，這時他身後灶上的鍋裡正冒出一滾一陣濃密的青煙，煙霧迷茫，飄來滲入了白藥粉末，看上去青煙隨之落入缸中，再經木杓舀起，彷彿這就是一種入藥的程序了。他幹得起勁，劍客一柄劍高高舉起，竟不知該刺、該劈。他又問了一聲：

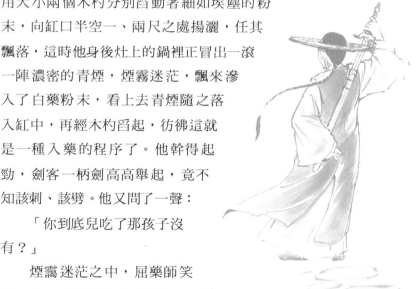

　　「你到底兒吃了那孩子沒有？」

　　煙靄迷茫之中，屈藥師笑了，道：「那麼你究竟『見』了甚麼來？」說時放聲大笑，幾有不能自已

之勢。

　　劍客最後還是出手了，無論他之前錯殺過多少人，可這是生平第一次，他揮劍之際完全明白他所殺的不是一個盜匪、一個吃人魔，卻祇是一個忍不住譏笑他的人；是這個人提醒了他：他從來沒有看清楚他踐踏而的那些不平之事究竟不平何在？

　　這太令人憤怒了。不過劍客殺人如麻，當然知道該如何讓自己不至於惴惴不安——他很會用劍，知道如何拿捏劍尖、劍鋒用力的深淺，他並沒有擊傷屈藥師的要害、甚或取他的性命。他祇是把屈藥師的臉上劃開了無數上下直向的細條，使成縷縷之態。據傳劍客臨行之前留下的話是：「此後不管你吃啥，都得叫人看見！」在煙霧之中，他沒發現屈藥師已經伸手入缸，拿白藥敷了臉，登時將血流止住了。

　　劍是好劍，藥也是好藥，這樣兩相取精用能，使屈藥師換了一副面貌。他頭臉上的百十根皮條始終沒能癒合，就像垂布簾子似的，絲絲懸掛；也常讓人想起獅子，尤其是起風的時候，皮條琳瑯，偶或纏繞虯結，倒是個麻煩。對於自己的新長相，屈藥師可以說沒甚麼特別的感受。祇有一回，當他走在黃泥街上嚼著甚麼藥草的時候，一個不留神打個趔趄，嘴裡的物事散落了一地，人們又是怕、又是笑，也不敢上前幫著撿。

　　他倒說得好：「這一回你們都瞧見了，不是人肉罷？」

拾捌、菖蒲花 頑懦品

拾捌 菖蒲花

——頑儒品

鳲鵲兩兩棲浦沙／昨夜郎來眠妾家／滅燭入門戴星去／看郎一似菖蒲花

菖蒲是一種多年生的水生草本植物，有一種特殊的香氣，葉片狹長如劍，國人多知於端午之日取同艾葉扎束，懸諸門首，可以禳災驅毒。菖蒲的根和莖可以入藥，也不罕見。據說常服菖蒲能夠益聰，增加記憶力。酈道元的《水經注·伊水》就說：「石上菖蒲，一寸九節，為藥最妙，服久化僊。」

菖蒲花就鮮有人提及了；因為淡黃色的花初夏時節開在莖的頂端，附著艱難，總易飄散，花期也不長，也很難進一步利用，有兩句詩形容菖蒲花不像是從菖蒲上生出來的：「萬里飄搖黃貼處／教人錯看說菖蒲」。細讀這兩句，再對照著文前那一首七絕，想清楚：一個滅燭之後才敢進門、而天上的星星仍兀自閃爍之際就已經匆匆離去的郎君，是個甚麼？可不就是菖蒲花一般的東西？

北宋大中祥符年間，京師東西兩路應天府建為南京，治宋城。此地豪貴者極多，都是宗室弟子，同趙匡胤的嫡長子孫一系都是遠房，祇消不過

問權力，幹甚麼都跟皇帝差不太多。
此處一雙兄弟，一個叫趙應之、一
個叫趙茂之，日日與一位人稱吳小
員外的浮浪子弟一同出遊，不亦樂
乎。

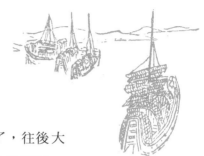

　　這一天逢著春暮，眼看即將入夏了，往後大
約不容易再見著遊人齊集、往來如織的場面了，
於是更是恣意暢飲，此處飲罷他處坐，一行來到了金明池。此池在順天門
外街之北，不算大，周圍約莫有九里三十步。是一個略現狹長形狀的水景
勝地。進了池門內南岸，往西走一百多步，就有面北的臨水殿，再往西走
一百多步，則是馳名南北的金明仙橋，橋盡頭有面寬五間的宮殿建築，正
在池子的中心，殿裡上上下下都是各式作場生意，有賣飲食的、有耍技藝
的、也有說唱表演的。

　　吳小員外等三人隨行隨飲，來到仙橋殿時已經醉了，此時在與那些個
渾身冒著臭汗的百姓摩肩接踵，實實不耐；教晚春急風一吹，三個人都有
些煩噁起來，趙應之嚷著要回，趙茂之卻指著池對過一條小徑似的所在，
道：「彼處看來既幽靜，四圍還有茂林偃蹇，修竹襯托，倒是可以一訪
呀！」三人遂雇了條小船，往那看似有小徑處盪了去。舟程原本就不遠，
才兩三篙子，已經可以望見叢竹深處，居然還有酒帘兒迎風翻動的模樣。
一下船，小徑果然在數丈開外，曲折不遠正是酒肆三楹，花竹扶疏，器用
羅陳，十分瀟灑可愛。

　　當壚的是個苔齡少女，非但出落得冰肌玉膚、皓齒明眸，而且一顰一
笑，都顯露出無窮動人的韻致。三人落座呼酒，漫飲了數觥，吳小員外祇
是癡望著這少女，意思不免教趙氏兄弟看出來，趙應之隨即低聲對吳小員
外說：「請這姑娘前來侑觴佐酒何如？」

　　這話壯了吳小員外的膽子，又擔心趙氏兄弟有奪愛之思，當即趨前，
同這少女道：「醅色極佳，風味十足，有美人遙迢相顧，卻不能縱談歡

會，倒減了幾分興味——姑娘可以移座一敘乎？」

這少女低眉略一思索，居然就答應了。遂親近執壺，時時與吳小員外四目相接，看似有了親切的憐慕之情。這也是片刻間事——四人才飲了幾盞，閒談不過數語，但聽得遠處櫓聲礫礫，波動營營，這少女粉頰羞紅，眉峰緊蹙，連忙起身，道：「爺娘回來了！」

不多時，小徑上簇簇擁擁走來一大夥子人，有男、有女、有老、有少；肩上挑著、手上提著的，有籃有簍，還有用零的香燭——少女說的是不假，人家非但爺娘回來了，連一大家子老小通統回來了。如此酒興闌珊，三人隨即付了酒錢，起身告辭了。

前文說過：到此已是暮春時節，此日方過，零雨即至，這雨綿綿延延下了十多天，再放晴之時，日頭便顯得酷烈起來。夏天已經到了，已經不再有先前那樣春遊的興味和機會了。吳小員外想自己一個人再去，可轉念一想：春遊季節已過，再勉邀友朋相聚，出遊之地又是先前黯然銷魂之所，未免形跡太露了。於是隱忍著一份相思，即使見了趙氏兄弟，也刻意不去提起，趙氏兄弟偶爾想起來、用言語挑弄，吳小員外也故作不復記憶之狀，祇不過矜持了一張面皮。

好容易捱到了第二年初春，一開年兒，吳小員外便力邀趙氏兄弟春遊，刻意還是選了金明池、過了仙橋、瞥見孤島扁舟，故作驚憶前塵之貌：「啊！我倒是想起來了！去年此時，你我春遊到此，還覓訪過一爿小小的酒肆，酒將風雅確乎非比尋常。」

舊地重訪，有如崔護故事。正是「去年今日此門中／人面桃花相映紅／人面不知何處去／桃花依舊笑春風」。三個少年一到那小小的酒肆之前，但看花木委頓、陳設蕭然，門庭內外一片寥落索寞之氣。酒漿還是賣著的，當壚的卻是一個鬚髮皆白的老者。三人還是叫打了壺

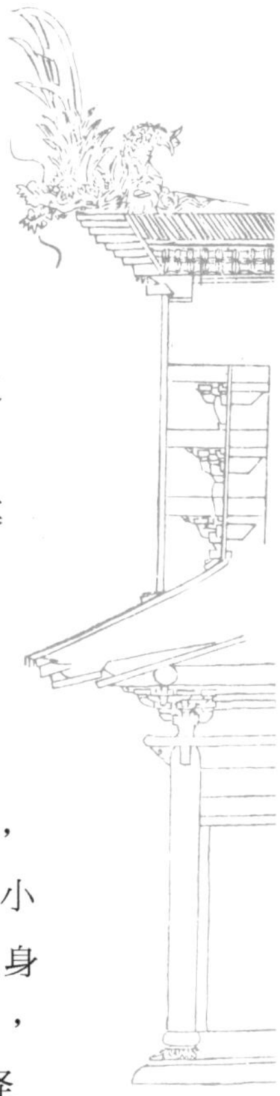

酒，當門軒邊坐下。吳小員外可是迫不及待了，忙問道：「去年過此，似乎見過一名女子，怎麼今日卻不得見？」

那老者聞言嘆了口氣，深皺雙眉道：「那是我們老倆口的女兒！去年清明，舉家上墳去了，獨留這小女在家；不料來了幾個膏粱子弟紈褲兒，也不知是怎麼調戲她的，居然挑唆著她侑觴佐酒。小老兒回家之後，曾經薄責了幾句，質以『未嫁之身，而為此態，日後何以適人？』唉！不料、不料、小女便因之怏怏寡歡、抑鬱成病，才幾天就不食不睡而死了！」

三人聞言、一陣錯愕，吳小員外尤其不能置信，道：「好端端一個姑娘，怎麼才幾日就香消玉殞了？此事殊離奇、太蹊蹺！」

「公子不信，小女的墳塋就在園中——」老者說著，抬手向側面敞軒邊兒一指，隨指尖望去，可不是一枚小小的墳塋，塋前有短碑，上刻姓字。吳小員外失了神，起身直要向軒外行去，讓趙應之一把拽住，偷朝老者歪歪嘴，使了個眼色，吳小員外才想起：方才這老者還在嗔怪「有幾個膏粱子弟紈褲兒，也不知是怎麼調戲她的，居然挑唆著她侑觴佐酒」，如今一旦形跡洩漏，難保這老者不揎拳扯褒地跟他們糾纏。於是誰也不敢再追問了。意緒無聊，卻又得裝作渾無惆悵的模樣，好容易一壺飲盡，三人搶忙告辭。

此時春日過午，清風徐至，天氣是好的，可吳小員外一路之上慘悄逾恆，趙應之和趙茂之也都不敢驚動，隨他漫步；就這麼忽東忽西、若載若失地走，從臨水殿出金明池再走回順天門外街，才數里之遙，居然太陽已經斜西了。就在三人即將做別之際，忽然青影恍忽，豔色逼人而來——面前巷弄口轉出來一個小嬌娘，體態豐盈，眉目姣好，動靜間風姿綽約，可

謂十分嫵媚了，她正迎著吳小員外淺淺一笑，隨即盈盈一拜——三人卻都愣住了。

這不就是臨水殿對岸竹林酒家裡的那小娘子麼？她出落得更標致了？她怎麼會在城裡呢？她不是死了麼？

「你不是死了麼？」吳小員外說時搶步上前，居然一把捉住了那姑娘的手，奇的是那姑娘的一雙手微微透著些溫熱，也不躲閃掙扎，像是個知情感意的活人。

「小員外須是上家裡去了？」姑娘仍舊微笑著道：「家父母便是這般說詞，他二老渾怕吳小員外用情執拗，才設了個虛塚在園中，正是為著哄騙小員外你死心的。」

趙應之聞言，立即一拊掌，大笑道：「我當時便看出其中有詐！那老兒去歲明明見著了你我三人前去飲酒，今日卻當著面說些甚麼『有幾個膏粱子弟紈褲兒』的話，分明刻意相譏，我可是一聽就聽出來了！」

這姑娘道出原委：原來去歲暮春一晤，她對吳小員外也是分外傾心，朝想夜夢，輾轉思服，可吳小員外果真就不曾再來肆中光顧了。她不能吃、不能睡，自然是要鬧出一場病來的。這病從夏末發起，歷經一秋一冬，始終沒甚麼起色，直到今歲正初，有個遊方的道士，給開了一帖藥，才漸漸地開心起來，病體漸漸痊可，胃口也慢慢兒有了，精神養得好些，這姑娘竟同他爹娘說：「藥能治病，不能救命。女兒這一條命，是教那吳小員外牽著了，要得懸解，非求一見不可。」於是這姑娘居然大步趔趄奔出門外，叫來艄公，過了渡，一路奔進城裡，典了身上的首飾，租了間臨街的客舍小住，想春遊人潮日日不空，熙攘去來，總能遇著。適才正在樓

上顧盼，果然皇天不負苦心人，居然正逢吳小員外迎面而來。

想著應天府自開拓南京、治理宋城以來，居民行人不下八十萬，能夠再度相逢，豈非緣註？吳小員外樂得緊緊抓住這姑娘的一雙手，道：「我也是不肯放你走的。」

「我叫雲仙。」這姑娘抬起頭，直勾著眼、絲毫不畏懼地看著他的情郎。

吳小員外隨即登樓，當天開了齋，你儂我儂地快活似神仙就不煩細表了，還留下了不少穠豔多情的詩，其中一首姑且可以視之為急切求歡不遂、惹雲仙忿啼的過程：

惆悵巫山一段雲／背人拂拭解綠裙／驚風又向青鬟去／卻到眸邊惹霧雰

求歡不遂當然不是常態，吳小員外與趙氏兄弟在這種材料上的酬答之作祇有兩、三首，皆以〈閨幃一首酬應之（或茂之）兼示內〉為題。

總而言之。吳小員外同雲仙共赴陽台、播弄雲雨的歡愉快樂是不在話下的。如此往來了大約有半年之久，誰也沒有提到、甚至意識到婚配嫁娶、成家立業這般大事業。每日裡小倆口兒便呼朋引伴，晨昏以詩酒為戲，其間調琴看舞、試喉吟歌，似乎永無厭膩。

到了中秋之夕，吳小員外的父親吳大員外居然親自去至趙應之和趙茂之的宅邸門上投帖，說自己的兒子荒於讀書作文不說，日日在外爭逐酒色，甚至一連半月不見回家一趟，偶遇於途，則形容枯槁、

顏色憔悴，吳大員外還轉知了吳老員外的話說：「看氣色，此子應須是鬧了癆瘵，若是一病不起，吳老員外同吳小員外兩口桐棺都會由吳大員外監押抬走，到趙府來拜望拜望！」話說得是夠決絕，趙氏兄弟也把話帶到了，可聽不聽得由著人的耳朵，說的嘴終歸是無可奈何。

到了中秋這一夜，吳小員外挽著雲仙出外賞月，雲仙微感風寒逼人，說是不舒服，自先由服侍的丫鬟陪著回下處，且教吳小員外恣遊一番。吳小員外才出承天門，當路迎過來一個道士，道：「你這後生身上鬼氣甚盛，教給祟弄的時日不少了呀！怕是開了年兒就纏上的罷？」

吳小員外一驚，忙問緣故。道士似乎也十分焦急，顧不得兩人還在通衢之上，眾人之間，當下給把上脈，觀想片時，歎道：「是要死了！是要死了！此鬼乃是天地情怨之氣畢集薈萃所成，名曰『癡尤』。我於去歲金明池後曾一見之，頗難得！」

「是、是是、正是金明池！」吳小員外隨即交代了前情，問那道士：「可雲仙對某之癡憐愛慕，斷非虛假──」

「情之所衷，怨望尤烈，怎會虛假？正因其千真萬確、並無半點虛假，才貽害荼毒於人哪！」道士接著說：「我乃皇甫天師是也！如今要救你的命，僅有一途：你自連夜兼程快馬加鞭出西方三百里外，滿一百二十日之後，那『癡尤』遍處尋你不得，又不耐孤影自傷，便另覓他替去了，其災可自解。如若不能避處迢遞，而竟為『癡尤』訪得，但須等死便是！」

西方三百里外，已是洛陽。吳小員外倉皇買馬西行，到了地頭上還馬入棧，才想起自己身上所帶的銀兩不多，難以支應長久生活。於是祇好請託棧裡的閒卒捎一封親筆書信，跑一趟南京，向趙氏兄弟乞援。

趙應之、趙茂之畢竟是他吳小員外的知交，得信之後，立刻催了軒車

怒馬，滿載著金銀器用，浩浩蕩蕩來到了洛陽。兩下三人一見面，不由得抱頭痛哭起來，趙茂之見吳小員外益發憔悴，哭得便認真；趙應之想從實地安慰安慰老朋友，就拉著手出了旅舍，一指門前車馬，笑道：「足敷君揮霍三、五月有餘！」說時一開車門——裡頭的確是金銀滿載，祇不過箱子上還盤身坐著個雲仙呢，雲仙雙眼含著淚，吟唱著：「惆悵巫山一段雲／背人拂拭解綠裙／驚風又向青鸞去／卻到眸邊惹霧雰。」從此每到吃飯，雲仙總在桌邊；每到夜眠，雲仙也一定隨侍入榻。

雖說吳小員外謹記著皇甫道士的教誨，不與這「癡尤」交接。人鬼既無歡好之實，吳小員外的氣色也稍稍恢復了些。加之趙氏兄弟總是在一旁捧著經史卷籍點撥著吳小員外用功，三人渾不將雲仙放在眼裡。雲仙除了喋喋不休地怨嘆、咽咽不止地啼哭，似乎也莫可如何。

一十二句將屆，這四人同進同出的僵局似乎不能善罷，吳小員外忽然若有所悟地對趙氏兄弟說：

「衷情所寄，便是此身；此身不在，情亦不真！我──不如這就死了罷！」說著飛身向窗奔去，這窗在旅舍樓上，旅舍又在大街邊兒，吳小員外跳將出去，即便不摔死，毋須轉瞬也會教急馳速輾的車馬給衝撞得骨肉分離。趙茂之在窗邊攔下了，趙應之隨後拽住、抱住，合兄弟倆的氣力，卻怎麼也攔不住個一心解悟生死的苦人兒。正糾纏間，窗外傳來一聲呼喊：「是吳小員外麼？」

語音不落，那人扔上來一個蠟丸兒，正扔進吳小員外的嘴裡，吳小員外再一張望，底下街心的人已經不見了，他倒是認出了那聲音，再一思索：蠟丸兒扔進我嘴裡，是不讓我出聲喊人，當然就是為了別叫房旮旯兒裡那「癡尤」聽到──可見這蠟丸兒裡的機關是不許聲張的。然而不聲張，還是得弄明白呀。吳小員外轉念想起當初趙應之教給他一個歪歪嘴、使眼色的眉目把戲，再伸手掏出嘴裡的蠟丸兒。

趙氏兄弟多麼乖覺，當下合身掩上，遮住窗前，看著像是他倆還攔阻著一個跳樓之人，其實是屏擋著吳小員外抽手撬開蠟丸兒，看看裡頭的機關。蠟丸兒裡是一張團折皺攢的紙片，上書寥寥數行：

子當死，今歸，緊閉門戶。黃昏時有擊者，無論何人，即刃之。幸而中鬼，庶幾可活；不幸誤殺人，即償命。皆一死也，猶有脫理耳。

吳小員外當即扔了碎蠟殼兒，將紙攔進嘴裡咬嚼吞食，回頭對趙氏兄弟說：「死，還是要死的，咱回家死去！」趙氏兄弟沒看清紙上的言語，可一見老朋友不死了、又嚷著要回家，暫且放了心、鬆了手，連床腳上蜷縮著的雲仙也幽幽咽咽地說：「我也是想回家的！」

留書示警的，自然正是皇甫道士——他早就在車上馬上貼滿了黃紙桃符，箱籠之中還放置著一柄七星寶劍，不消說：化身成雲仙的「癡尤」是搭不上這一班便車返回南京的了。然而果不其然、仍如道士所料：這套車馬在路上行走了幾日，回到南京，才一安頓，乍將門戶緊閉妥當，罡風居然自西天掩捲驟至。黃昏來得煞早，天涯地角盡是滾滾霞紅，似焰又似血，殷殷如有致意者。吳小員外聞聽院落之中步履疾行，盤桓周匝，不忍離去，最後終於上前打門。彼時屋內闃暗無光，院中尚有殘陽一抹，門上模模糊糊顯出個癡情的形影，真可謂狀極哀毀骨立了。室裡負心人猛可舉劍一刺，劍鋒穿窗而出、貫喉而過，登時血流滂沱，看上去並不是刺中了一個甚麼妖鬼，卻彷彿真是殺了個人。

死者屍首俱全，即雲仙無誤。但是院中有屍，又不像傳說中的那般：殺了個鬼，即現出原形，畢竟是些樹石狐鼠之類。可這「癡尤」無論怎麼看，原形就是雲仙，不再有其他的變化。這，再怎麼說還是要報官的。衙中捕吏前去找金明池酒肆翁嫗問訊，直說女兒死了一年多了；發舊塚驗

看，衣裳如蟬蛻，卻沒有屍身。

吳小員外隨即出了家，再也不問世間情事。他捨得乾淨，日久成了高僧，法號悟癡，留有一偈知名，傳誦一時：

衷情所寄，便是此身；此身不在，情亦不真。

情癡一度，終須再來；再來何必？盡歡盡哀。

拾玖、李仲梓 貪癡品

　　河北邢臺縣西南石門鎮北有兩個相知相好的哥們兒，一個姓張、叫張樸生，一個姓李，叫李仲梓。二人同歲進學，出入相隨，可謂情逾手足了。張樸生因為認真讀書緣故，四體不勤，得了個舊小說裡常見的書生病——癆瘵；久久醫不好。李仲梓日日替他奔走周旋，有時指點課業，有時經理門戶，有時問方抓藥，辛苦奔波、不一而足。

　　張樸生病篤之際，握著李仲梓的手說：「我們哥兒倆雖屬異姓，卻不祇是一母同胞的相好。我今天死了，留下老母弱妻幼子，惟有託付與仲梓兄，望兄哀而憐之，讓我得以瞑目於地下！」李仲梓哭著指天設誓，答應了。張樸生當即含笑而逝。

　　李仲梓果然不負所言，為張樸生支持一切喪葬用度事宜，還很快地為倆侄兒找了開蒙的老師，課以幼學。張樸生的寡母、寡妻自然都十分感激他。這李仲梓本人也是個衿寡，早早的死了伴當，一直沒有續絃。由於往來頻繁的緣故，倒是對張樸生那長得標致豔麗的寡妻戴氏平白生出一份好感來。這般的好感一旦滋生，是不會憑空消滅的，總會在心頭一點一滴積累，一點一滴催化。日子一長，想到戴氏就心頭發癢發痠，恨不能近前表白，撩撥她一句一聲的意思。也因為攪和了這等情意，李仲梓更時時致禮於張母，巴不得能得到她的歡心。

　　一日。張母生了點兒小病，總覺得諸事不遂，便託李仲梓給找個

算命的來問問流年。李仲梓當下回張母的話道：「我有個表哥，在石門鎮鎮上是十分知名的卜者，人稱王瞎子的便是。」張母一聽王瞎子的諢號，立刻樂了，道：「我久聞王瞎子師傅的大名，卻不知道他就是令表兄，那就快快請了來罷！」

王瞎子不算則已，一算卻算出了個災星。說這張母今歲流年不利，必有大阨，而且親子難留，必屬情深緣寡的際遇。不過這位老太太別有異星嘉惠之福，到了晚年可以享「他姓猶子」的侍奉，頤養天年，是個老壽婆。眼前這點小病，個把月就得痊癒，不值得操心。

接著又給戴氏算，則說：這是個剋其本夫的命格，一剋即止，此後終身再無變故。算到倆小孩兒，王瞎子嘆了口氣道：此二子皆短命之相，小兒恐怕在今年就有夭亡之險，得多加留意。戴氏聽來聽去，就覺得這王瞎子話中有話，言語繞來繞去，竟似有勸她改嫁的意思，不覺大怒，當下一邊兒哭、一邊兒罵，居然將王瞎子搥出門去了。王瞎子一邊跌跌撞撞地向外逃竄、一邊苦道：「是你命中注定如此，於我瞎子有甚麼干係？於我瞎子有甚麼干係？」

李仲梓兩邊都不願得罪，連忙護送王瞎子回鎮上去。回頭之後，才又對張母說：「是某薦舉不當，是某薦舉不當！」從此，李仲梓情知戴氏之心不可動搖，也就本分相待，以禮自持；對於張母倒也毫無疏慢之處。

過了一個多月，張母的病真地好了。又過了不到三個月，張樸生的次子果然也因為出痘疹夭折了。張母不由得想起先前登門相命的王瞎子料事神準，決不是徒託空言，如此一來，反而擔心起長孫的性命不保了，那麼她這一把老骨頭，難道真要去投靠一個甚麼「外姓猶子」嗎？此人又在何處呢？這個念頭反覆擾祟，及見李仲梓日夕殷勤伺候，心中不免想到：這個兒媳婦性子如此貞烈，要她改適陌路之人，恐怕難於登天，還不如就嫁給相熟的李仲梓呢。

　　話說隔鄰有個姓施的老太婆，經常與張母往來走動。這一天兩媼閒話，提起了王瞎子的一番言語。施老太婆道：「瞎子一個人的話，哪裡靠得住？算命同買菜是一個理，也與『貨比三家不吃虧』的。何不另外再找個人推推算算，也無妨害。」張母一聽，覺得有理，即央請施老太婆代為訪覓。到了第二天晌午，施老太婆果真帶了另一個算命的陳先生同來，倆人手攙著手進門，把張母嚇了一跳——原來這陳先生也是個瞎子。

　　陳瞎子聽張母說明了家中三人的八字，作色道：「這三個命，我有二事不明；其一，此家今歲應有五命，怎麼祇有三張八字帖子？其二，這三張帖子其實早就經高人指點過了，為甚麼還要老叟多此一舉呢？」張母一聽這話，也嚇得出了神兒，道：「陳先生真是活神仙！」遂將前事一一詳告，唯於王瞎子在命理上的推演沒說。這陳瞎子聽罷，點了點頭，掐指算了半天，居然將張家死活五個人的命中之事都說了一通。除了大旨與王瞎子所言幾乎完全相同之外，還說了張樸生固然功名未遂，但是戴氏日後自有一份「官誥」的封賞。這裡頭就有玄機了。

　　試想：張樸生人已經死透，朝廷封的官誥自然不會從這死人身上來；若說是從張家的長孫來，卻也不合於從命中推出的事實，因為前面已經說了：張樸生的大兒子在不久之後也會夭折，一個快要夭折的孩子，又怎麼可能替母親掙得一份官誥呢？張母正要以此詰問陳瞎子，陳瞎子先自開

口道：「之前那位高人不是已經指點了老太太

一條明路嗎？循路而行，便是開運轉命，

屆時一干際遇，自然大不相同了。」

　　到了這天晚上，張母指著孫

兒對媳婦說：「你我二人終身

所望，就在這小小的孩子身

上。要是全依著你的意思，

那就是算命先生看出來的個

了局，這孩子再有個三長兩

短，你我是個甚麼依靠？你何

不趁著年紀輕，贅一個到家裡來呢？如此你也有了歸宿，我也有了倚傍；

你意下如何呢？」

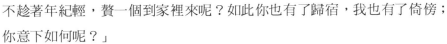

　　戴氏一聽這話就驚哭起來，再三堅拒。但是張母的意志已經不可挽

回。接下來，就是挑人入贅的計較了。張母還是同施老太婆商議，施老太

婆道：「三天兩頭兒進出你家的那李仲梓不是對你老挺孝順？你打著燈籠

上街去找，沒見牆旮旯兒裡卻正有一個？」

　　這話正合了張母的心意，隨即委請施老太太前往說合，李仲梓的回話

卻是：「我同樸生生前誼同骨肉，安能做出這樣的事體？如果說唯恐日後

無依無靠，畢竟還有李某人在，請轉知老太太，眼下不必為此憂戚！」張

母聽見這話，反而大樂，招贅那李仲梓的心意卻益發堅定了。早早晚晚，

便去向媳婦兒的耳根嚼裏，既說贅婿入門的好處，復說李仲梓婉拒親事之

懇切。戴氏也知道：婆婆的意思已然是不會更改的，便終於答應了。於是

張母才又央請施老太婆去給說李仲梓那一頭，折騰了大半年，這門親事才

算訂下。

　　到了成親這一天，鼓樂具備，管弦齊鳴，華燈高舉，賀客盈門。李仲

梓也著意打扮了一番，錦衣繡袍，冠帶披掛，樣樣精美整潔，端的是一位

翩翩佳公子，由施老太太陪侍而來。二人才到門首，忽然狂風大作，寒氣

逼人，燈燭盡滅，眾人都感到一陣天旋地轉。李仲梓抬眼朝裡一望，居然
看見張樸生從屋內極深之處飛奔而出，左右另有手持銬鐐枷鎖等
刑具的鬼卒數名，縱躍踴跳，如猿猴作醉舞，一陣呼嘯近
前，圍繞著李仲梓吼鬧抓打，顯然是一副要逮捕到衙
門裡去的模樣。李仲梓急驚倒地，血水就像潮
水一般從嘴裡湧了出來。賀客中有相熟
的，趕忙抬回家去，不料他一醒過來就
瞋瞪著一雙圓眼，向眾人道：「都
是我！都是我！王瞎子、陳瞎子

都是我找來的。我李仲梓機關算盡，卻沒算到
那張樸生根本沒死哪！張樸生帶著一幫子
衙役在新媳婦兒房裡等著我哪，要逼問
我的口供哪——我就招了罷！都是
我！都是我！……」這麼反反覆
覆唸了幾天，李仲梓就死了。

　　且回頭說成親那日，戴氏鎮日裡微笑不語，若有所思，時而又不經意
地流露出一種恍兮惚兮、如醉如癡的神色，往來親近的三姑六婆都說：戴
氏這是教慾火悶燒得太久，忽一日得遂私衷所願，居然失心瘋了。吉時將
至，才有人催著戴氏上樓換衣裳，戴氏作昏昏茫茫之態獨自上了樓，也沒
有甚麼人好意思去打攪，都說戴氏是過來人，自己能搗飭得過來，不必旁
人勞心費手瞎幫忙了。

　　正說著，這廂李仲梓急驚倒地、口吐鮮血，頂上的樓板則發出十分巨
大的一聲震響。大夥兒在樓下叫喚，樓上也無人語相應，眾人情知有變，
立刻衝上樓去、破門而入，卻見戴氏已經懸梁自盡——倒是縊繩在圈套處
齊齊斷了，好似利剪裁過的一般。方才那響動，就是繩斷之後、戴氏一跤
摔下地來的聲音。眾人抱起救醒之時還發現：戴氏早就作了萬全的準備；
她怕萬一求死不成，還是要成親合巹的，遂將上下衣裳以針線密密麻麻縫
了個死緊不透。眼看她全節之志堅執如此，有人還感動得哭了起來。

　　根據戴氏醒來之後的的說法：婆婆的意思她不敢違逆、也不敢曲從，
唯以一死了之。就在氣息將絕、魂已出竅之際，卻看見她的丈夫猛可從窗
戶外跳了進來，順手揮拂，將縊繩砍斷，道：「李某已為吾捉去矣！汝死
何為？」說完，那形影就消失不見了。

　　至於施老太婆，當李仲梓見鬼的那一剎那，她也見了鬼，驚仆於地，
頭觸階石，面目俱傷，臥床好幾個月才將養過來，已經瞎了一隻眼、殘了
一條腿。那麼，同謀騙人妻室的王瞎子和陳瞎子呢？王瞎子夜晚睡覺之際
似覺被人拖曳於地，也折斷了一條腿；陳瞎子則喊了幾嗓子夢話，醒來之

後就啞了。這些都是在李仲梓原本要成親的那天晚上發生的事。

　　從此張母再也不逼著媳婦改嫁，而她的長孫並沒有夭折。嗣後苦志勤讀，中了康熙某科的舉人，累仕至郡守（知府），果真為戴氏掙得了一份官誥；戴氏守節撫孤，活到八十五歲，在那個時代，堪稱人瑞了。

　　千萬不要以為這是個教訓女人守節的故事。這是一個懲治虛情假意的混蛋、也懲治他那些以偽事訛說違背星卜專業的共犯的故事。

春燈宴罷

樓外人聽罷朗聲說道：「春燈公子買賣作得大，敢問買賣故事之人，又算得是哪麼樣兒的一品呢？」

春燈公子拂袖一笑：「那就算我一個『炫奇品』罷！正是——」說著，提筆一揮，賦就五古一首。

樓高儼刺雲／危乎入天宮

橫嵐遮望眼／零雨斷蒼穹

百級傲寰宇／兒童稱奇工

昂然此勢巨／於戲竟驚風

惜其不抖擻／否則樂無窮

花開名富貴／目極瞰玲瓏

一覽人如蟻／巷弄觀似空

春色憑天落／點點入城中

能將幾捊去／涕泣西復東

春燈宴罷

高處悲孤寂／千秋一句同

君不見古來登臨者／瞭眺兼揮灑

岑高歎浮圖／李杜空齊野

薛據何所為／不傳猶未寫

我本山東人／寄生海南下

漸老興偏詩／交難合更寡

偶能步高臺／遁身摩天廈

執意豈觀光／上國無風雅

卻看渺小人／渺小實不假

蠻觸當鬥爭／吾黨攻彼社

碌碌仍矜誇／旦旦鳴缶瓦

君不見高處無仙棲／但有尋仙梯

我輩忽焉至／求仙亦自迷

君問仙何在／縹緲當萋萋

莫道欒太遠／仍步少君蹊

天子呼不至／酒中有靈犀

一飲堪千首／此才與天齊

咳唾凌絕頂／懾仙鬼亦啼

今日良宴會／新詩為君題

登高何所見／徂東更徂西

人事變今古／危言和天倪

胡為乎攜手上高樓／一吟再哽喉

共看興亡過／三山隔幾秋

江湖見懷抱／魏闕失清幽

唯有詠者隱／沉吟破俗流

風雨生南國／京華不堪遊

橫腰沁霾氣／過眼數狸猴

深思尋漢蠹／潛心飯魯牛

且祝斯文在／寧呼歲月留

強君盡一斗／語君且無憂

千尋高幾許／字裡白雲浮。

張大春作品集　01

INK
PUBLISHING

春燈公子

作　　者	張大春
總 編 輯	初安民
責任編輯	丁名慶
美術編輯	許秋山
校　　對	張大春　丁名慶

發 行 人	張書銘
出　　版	**INK**印刻出版有限公司
	台北縣中和市中正路800號13樓之3
	電話：02-22281626
	傳真：02-22281598
	e-mail:ink.book@msa.hinet.net
法律顧問	林春金律師

總 經 銷	成陽出版股份有限公司
	訂購電話：03-3589000
	訂購傳真：03-3581688
	http://www.sudu.cc
郵政劃撥	19000691 成陽出版股份有限公司
門市地址	106台北市新生南路三段96-4號1樓
門市電話	02-23631407
印　　刷	海王印刷事業股份有限公司

出版日期　2005年8月　初版
ISBN 986-7420-80-2

定價　240元

Copyright © 2005 by Chang, Ta-Chun
Published by **INK** Publishing Co., Ltd.
All Rights Reserved
Printed in Taiwan

國家圖書館出版品預行編目資料

春燈公子／張大春 著.--初版,
　　--臺北縣中和市：INK印刻,
2005〔民94〕面；　公分（張大春作品集；1）

ISBN　986-7420-80-2（平裝）

857.63　　　　　　　　94013397